KB275390

주니어 15
대학

글쓴이 │ **강유정**

고려대학교 국어 교육과를 졸업하고 동대학원 국어 국문학과에서 박사 학위를 받았다. 2005년 《조선일보》,《경향신문》에 문학 평론이《동아일보》에 영화 평론이 당선되어 본격적 평론 활동을 시작했다. 《경향신문》에 '강유정의 영화로 세상 읽기'란 칼럼을 쓰며, 영화 전문 프로그램 EBS 「시네마 천국」과 KBS 「박은영, 강유정의 무비부비」를 진행했고 KBS 「TV 책을 보다」, 「문화 공감」 등에 출연했다. 민음사《세계의 문학》편집 위원으로 일했으며 고려대학교 연구 교수를 거쳐 현재 강남대학교 한영문화콘텐츠학과 교수로 재직 중이다. 저서로는『오이디푸스의 숲』,『타인을 앓다』,『스무 살 영화관』,『사랑에 빠진 영화, 영화에 빠진 사랑』 등이 있다.

그린이 │ **조승연**

홍익대학교에서 미술을 공부하고 프랑스에서 일러스트레이션을 공부했다. 지금은 어린이 책 일러스트레이터로 활동하며, 씩씩한 부인과 장난꾸러기 딸, 새침데기 푸들 강아지와 함께 살고 있다. 그린 책으로 「셜록 홈스」 시리즈,『애완동물 키우기 대작전』,『탄탄동 사거리 만복 전파사』,『달리는 기계, 개화차, 자전거』,『땅속 괴물 몽테크리스토』 등이 있다.

 너도 작가가 되고 싶니? │ 문학

1판 1쇄 펴냄 · 2016년 10월 31일   1판 4쇄 펴냄 · 2019년 2월 26일

지은이	강유정
그린이	조승연
펴낸이	박상희
편집장	박지은
기획 · 편집	이해선
디자인	신현수
펴낸곳	(주)비룡소
출판등록	1994.3.17.(제16-849호)
주소	06027 서울시 강남구 도산대로1길 62 강남출판문화센터 4층
전화	영업 02)515-2000 팩스 02)515-2007 편집 02)3443-4318,9
홈페이지	www.bir.co.kr
제품명	어린이용 반양장 도서
제조자명	(주)비룡소
제조국명	대한민국
사용연령	3세 이상

ⓒ 강유정 2016. Printed in Seoul, Korea.

ISBN 978-89-491-5365-0 44800 · 978-89-491-5350-6(세트)

이 도서의 국립중앙도서관 출판시도서목록(CIP)은 서지정보유통지원시스템 홈페이지(http://seoji.nl.go.kr)와 국가자료공동목록시스템(http://www.nl.go.kr/kolisnet)에서 이용하실 수 있습니다.(CIP제어번호: CIP2016024871)

너도 작가가 되고 싶니?

문학

강유정 글 조승연 그림

비룡소

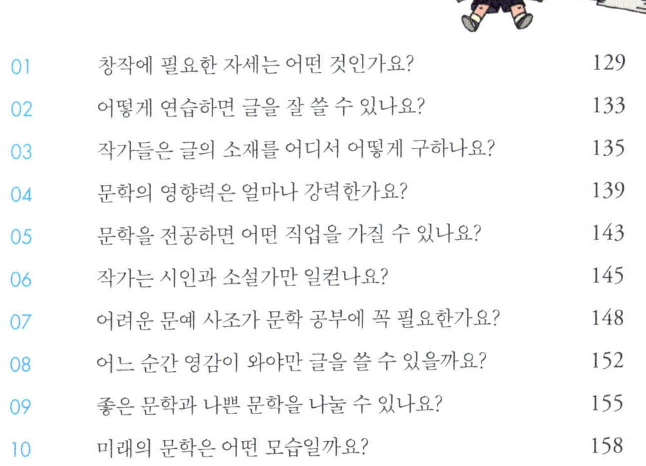

어린 시절, 글자를 못 읽던 시절부터 책을 보노라면 기분이 좋았다. 세계 명작이나 전래 동화를 읽곤 했는데, 시련에 빠진 백설 공주가 불쌍해 보여 마시던 요구르트를 부어 주기도 했다. 글을 못 읽는 나이였지만, 백설 공주가 행복한지 불행한지 짐작할 수 있었다. 이야기 흐름을 상상해 낼 수 있었던 것이다. 그렇다. 상상, 그 시절 공감으로 이끌었던 열쇠는 바로 상상이었다.

나이를 먹고, 경험이 늘다 보면 문학을 한다는 게 있었던 일을 기록하는 것과 별반 다르지 않다고 여기게 된다. "내 인생을 소설로 쓰면 장편 대하소설이다."라는 식의 농담이 통하는 이유도 여기에 있다. 하지만 별 역사도 대단한 기억도 없는 아이들이 이야기를 만들어 내고, 그럴듯한 서사를 지어내는 건 어떻게 봐야 할까? 정말 경험한 것들만이 문학의 소재가 될까?

문학이란 인간의 본능이다. 이야기를 말하고, 듣고, 지어내고, 확장하는 일련의 행위들이 다 문학이라면 인간은 언어를 쓰는 순간부터 무엇인가를 이야기로 표현하고자 하는 동물이다. 이야기란 꼭 경험을 의미하는 게 아니다. 경험처럼 느껴질 수 있는 이야기, 현실에 존재하지 않는 천사나 악마, 요정이나 괴물이 등장하더라도 마치 진짜같이 다가오는 이야기, 그런 상상들이 곧 이야기이다.

소설 『연을 쫓는 아이』에는 아미르라는 아홉 살 소년이 처음으로 지은 소설이 등장한다. 그것은 "마법의 잔을 발견한 다음 그 잔에 눈물을 흘리면 눈물이 진주로 변한다는 사실을 알아낸 한 남자에 관한 음울한 이야기였다. (중략) 눈물을 흘려 부자가 될 수 있도록 슬퍼지는 방법을 찾아냈다. 진주가 쌓여 감에 따라 그의 탐욕도 커져 갔다. 산처럼 쌓인 진주 옆에서 사랑하는 아내를 죽인 칼을 손에 든 채, 아내의 시체를 안고 잔에 하염없이 진주 눈물을 흘리고 있는 남자의 모습을 보여 주며 이야기는 끝"난다. 도대체 어린 소년이 얼마나 인생의 고수이기에 이렇게 아름답고도 슬픈 이야기를 지어낼 수 있을까?

아미르의 이야기에는 인생의 아이러니와 슬픔이 있다. 이 짧은 이야기는 자체로서 스산한 감동을 주는 한편 좋은 이야기란 무엇인가에 대한 귀한 암시도 준다. 좋은 문학은 이렇듯 생각의 단서를 제공해 준다.

이야기는 우리의 삶 주변 어디에든 있다. 그리고 훌륭한 이야기꾼 역시 우리 주변에 많이 있다. 다만 모든 이야기꾼들이 작가가 되는 것은 아니다. 훌륭한 작가가 될 수도 없다. 이야기하기는 본능이지만 좋은 문학과 훌륭한 서사에는 일종의 규칙이 있다. 규칙이 있다는 것은 배우고 훈련할 수 있다는 의미이다. 가만히 앉아 멀리서 찾아오는 영감을 기다리는 게 곧 문학하기가 아니란 뜻이기도 하다. 작가가 되는 데에는 상상력 외의 배움이 필요하다.

작가가 사회적 교사 역할을 하던 행복한 시대는 끝났다. 문학이 사회적으로 중대한 임무를 갖던 시절로부터는 멀어진 것이다. 하지만 여전히 서사적 인간으로서 사람들은 이야기를 듣고, 만들고, 재해석하고 싶어 한다.

이 책은 작가가 되고 싶은 청소년들에게 어떤 길을 보여 주고자 한다. 또 문학이란 무엇이며 왜 문학이어야 하는지도 묻고자 한다. 이는 문학을 사랑할 수밖에 없는 이유와 오직 문학을 통해서만 보여 줄 수 있는 삶의 가치에 대한 교감의 작업이기도 하다. 문학의 길에 수줍게 고개를 내미는 청소년들에게 나름의 답이 되어 주었으면 하는 소박한 바람도 있다. 무엇보다 문학이란 결국 상상과 공감의 작업이라는 것, 그것만큼은 기억해 줬으면 한다.

문학,
상상의
원천

1부

사람들은 왜 이야기를 좋아할까?

태어나는 순간부터

자신의 이야기가
시작된다

옛말에 이야기를 좋아하면 가난하다는 말이 있다. 밤은 길고 오락거리는 드물던 시절, 깊은 밤 아이들을 재울 때 어머니는 이야기를 들려주곤 했다. 그런데 어떤 아이들 아니 이야기를 좋아하는 아이들은 한두 편의 이야기에 만족하지 않고 계속 "더, 더." 하며 어머니를 조르곤 한다. 어머니는 어머니의 어머니로부터 들었던 이야기, 입에서 입으로 전해져 오던 그 이야기들을 자신만의 이야기로 새롭게 만들어 아이들에게 들려주곤 했다. 물론 특별히 재밌게 이야기해 주는 사람도 있었을 것이다.

지금도 마찬가지일 것이다. 요즘 어머니들은 이야기를 들려주기보다는 책을 읽어 주는데, 이야기를 좋아하는 아이들은 어머니에

게 한 번 더 혹은 한 권 더 읽어 달라고 부탁한다. 사실 이건 두 가지 이유 때문일 것이다. 하나는 이야기 자체가 좋아서이고 다른 하나는 어머니와의 친밀한 시간이 좋아서일 것이다. 그런데 두 이유가 완전히 다른 것도 아니다. 이야기를 좋아하는 데에는 언어를 쓰는 인간으로서의 어떤 본능이 있기 때문이다.

훌륭한 이야기꾼은 어떤 사회에서나 환대받았다. 독일의 평론가인 발터 베냐민은 이야기꾼의 원류를 수렵과 채집 시절에서부터 찾는다. 아주 먼 곳까지 사냥을 갔던 사람들이 돌아와 사냥 당시의 모험담을 들려준다. 사냥꾼을 기다리던 사람들은 눈을 초롱초롱 빛내며 그 이야기를 듣는다. 그들은 이야기를 듣는 동안 사냥꾼과 함께 호흡하고, 사냥꾼이 겪었던 위험을 마치 자기 것인 양 느끼며 사냥꾼이 본 것을 자신이 본 것처럼 공감한다. 사냥꾼은 마을 사람들이 미처 경험해 보지 못했던 세계를 보여 주는 안내자였던 셈이다. 사람들은 사냥꾼의 이야기를 들으며 상상을 통해 그 세계를 그려 나간다.

흥미로운 것은 사람들이 들었던 이야기도 다시 듣기를 좋아한다는 점이다. 쉽게 생각하면 아는 이야기를 다시 듣는 것만큼 지루한 일도 없을 듯하다. 하지만 사람들은 아는 이야기를 자꾸만 곱씹으며 재미있어한다. 가령 『춘향전』은 언제 듣고 읽어도 재미있고 『로미오와 줄리엣』의 이야기는 언제 다시 읽어도 가슴 아프고

안타깝다. 또 『인어 공주』가 왕자에게 사랑을 고백하지 못하고 물거품이 되는 순간은 열 번을 읽어도 뭉클하다. 독자인 내가 이야기의 공간에 뛰어 들어가 대신 말해 주고 싶을 만큼 답답하기도 하다.

사람들이 이야기를 좋아하는 것은 본능적이다. 사람이 태어나는 순간부터 각각 자기 자신의 이야기가 시작된다. 세계에 70억 명의 사람이 살고 있다면 70억 개의 이야기가 있는 것과 같다. 우리 집에 다섯 식구가 산다면 그 다섯 명의 이야기 역시 각기 다르다. 같은 집에서 자고, 먹고, 일어나지만 저마다 다른 공간으로 출근하거나 등교하고 집에 머물기도 한다. 같은 시간대에 같이 사는 가족이라 할지라도 각자의 이야기에선 자기 자신이 주인공일 수밖에 없다. 심지어 사랑하는 사이라고 해도 다르지 않다. 아무리 함께하고 싶어도 꿈까지 같이 꿀 수는 없다. 세상엔 한 사람에게만 허락된 이야기가 하나씩 있다.

그런 의미에서 인간은 서사적인 존재이다. 사람이 태어나는 순간 이야기는 시작되고 죽는 순간 그 이야기가 끝난다. 대개 고전적인 이야기, 즉 아주 오래된 이야기들이 태어남에서 시작해 죽음으로 끝나는 이유도 여기에 있다. 우리가 아주 어렸을 때 들었던 동화에서 주인공들이 어떻게 태어났는지 알려 주고 어떻게 죽는

주니어 대학

지로 끝나는 것도 이 때문이다. 우리의 이야기는 태어나면서 시작되고 죽으면서 끝나는 것이다.

하루를 살면 하루의 이야기가 생긴다. 이틀을 살면 이야기도 이틀 치가 된다. 우리는 그렇게 각자 이야기를 가지고 살아간다. 그런데 어떤 사람의 이야기는 훨씬 더 주목을 끈다. 사냥감을 기다리는 마을 사람들의 이야기보다 직접 사냥에 나섰던 사냥꾼의 이야기가 더 재미있는 것처럼 말이다. 재미있는 이야기란 결국 우리가 경험해 보지 못했던 세계를 열어 보여 주는 이야기이다.

하지만 하나 주의해야 할 것은 경험해 보지 못한 세계라고 해서 모두 다 재미있는 이야기가 되지는 않는다는 점이다. 재미있으면서 들었을 때 충분히 상상해 볼 만한 이야기, 그게 바로 진짜 재미있는 이야기이다. 그리고 이것은 문학의 아주 오래된 목표인 공감의 다른 이름이기도 하다.

고백할 만큼
큰 상처가 있어야

문학을 할 수 있나?

모든 사람이 서사적인 인간이라면 모두가 다 문학의 주체가 될 수 있다. 우선 이 말은 맞다. 누구나 다 문학을 할 수 있다. 하지만 모두가 자신의 이야기를 쓴다고 해서 그 이야기를 다 남이 들어 주거나 읽어 주지는 않는다.

『천일 야화』에는 첫날밤이 지나면 무조건 아내를 죽이는 잔인한 술탄이 등장한다. 지혜롭고 아름다운 셰에라자드는 매일매일 술탄에게 재미있는 이야기를 해서 1,000일 하고도 하룻밤을 견딘다. 술탄은 셰에라자드의 이야기가 너무 재미있고 다음 이야기가 궁금해서 셰에라자드를 죽이지 못한 것이다. 반대로 말하자면, 하룻밤 만에 목숨을 잃었던 그 수많은 여성들은 셰에라자드처럼 재미있는 이야기를 못했다고도 할 수 있다.

어떤 점에서 이야기를 소비하는 사람들은 모두 다 술탄이고, 이야기를 생산하는 사람들은 모두 다 셰에라자드라고 할 수 있다. 이야기가 재미있으면 우리는 책장을 넘겨서 다음 장을 읽지만 재미없으면 그냥 그 자리에서 덮어 버린다. 즉, 그 책의 생명은 거기서 끝나 버린다. 영화나 드라마도 마찬가지이다. 재미있을 땐 "다음 회에 계속됩니다."와 같은 말에 애달아하면서 기다리지만 재미없을 땐 이야기가 채 끝나기도 전에 영화관을 나오거나 TV를 꺼 버릴 수도 있다. 얼마나 많은 드라마들이 조기 종영되었던가?

재미있으면 계속 살고 재미없으면 그 자리에서 죽는다. 『천일 야화』는 그런 의미에서 이야기의 재미에 대한 하나의 은유라고도 볼 수 있다. 모두가 다 이야기를 갖고 있지만 훨씬 더 그럴듯하고 흥미로우며 의미 있는 이야기가 있다. 그게 바로 문학이다. 그렇다면 글을 써서 남기는 행위, 문학은 어디에서부터 시작되는 것일까?

언어를 다룬다는 점에서 문학의 행위는 기록과 무척 닮아 있다. 문학이란 우선 어떤 일을 글로 적어 남기는 것으로 떠올려지기 때문이다. 그런 점에서 문학은 역사를 기록하는 것과 비슷해 보인다. 문학도 사람의 일을 쓰는 것이고 역사 역시 실제로 일어났던 일을 적는 것이기 때문이다. 하지만 우리는 『조선왕조실록』과 같은 역사적 기록을 문학이라고 하진 않는다. 그리고 어떤 일이 있을 때 그것을 세세하게 기록한 보고서나 신문 기사를 문학이라고 부르지도 않는다.

그렇다면 신문 기사나 보고서, 역사적 기록과 문학의 차이는 어디에서 오는 것일까? 그 차이는 바로 선택과 배제에 있다. 중요한 것은 선택과 배제가 단순히 제한된 분량을 위해 글자 수를 맞춘다거나 조절하는 게 아니라는 점이다. 선택과 배제는 과연 어떤 것이 문학적인지 고민한 결과를 포함하고 있다. 문학적이라는 것은 곧 그것을 쓰고 기록한 사람의 주관과 판단, 해석과 의미가 모두 포함되어 있음을 의미한다. 아무리 있었던 일이라고 해도 그것을 어떻게 보고 분석하느냐에 따라 역사는 문학이 되기도 하고 기록으로 남기도 한다.

예를 들어 김훈의 소설 『칼의 노래』는 이순신이 직접 쓴 『난중일기』를 소재로 하지만 일기가 아니라 소설이다. 『칼의 노래』에는 『난중일기』에는 배제되어 있는 장군 이순신의 내면과 고통, 혼란과 두려움이 담겨 있다. 소설가 김훈은 이순신의 기록을 읽으며 이순신의 마음을 상상하고 그것을 그럴듯하게 재해석해 아름다운 문체로 써 내려갔다. 있었던 일을 다 쓰는 게 아니라 어떤 부분은 취하고 어떤 부분은 버린다. 취하고 버릴 때엔 주인공이라고 할 수 있을 인물과 주요한 갈등의 원인이 되는 사건에 대한 깊은 통찰이 밑바탕이 되어야 한다. 바로 이것이 문학의 중요한 기준이 된다.

난중일기
초2일 아침에 떠나 곧장 다다…에…
적선 중에 큰 배 한… 내려갈 때 경상도 우수사 이억이
그대가 원균과 합세하여
적선을 …쳐부순다면 적…
그러므로 선전관으로 급히
어떤 심정이었을까……

만일 우리가 하루에 있었던 일을 일기로 남긴다고 가정해 보자. 아무리 노력한다고 해도 아침에 일어나 잠들기 전까지의 모든 일을 다 기록하는 것은 불가능하다. 우리는 그중에서 의미 있는 일을 고르고 중요한 순서대로 기록한다. 이것이 바로 소설의 플롯(구성)이라고 말할 수 있다. 앞과 뒤의 배치를 고려하고 세세하게 말할 부분과 대충 말할 부분을 구분하는 것이다. 그런 점에서 일기를 쓰는 것은 기록이기도 하지만 서사적 존재로서의 문학 연습이 될 수도 있다. 어떤 것을 기록으로 남길까 고민하는 것 자체가 매우 문학적인 행위이다. 이렇게 기준을 가지고 선택하고 배제한 뒤 쓰는 글, 이게 바로 기록과 구분되는 문학이다.

또 한편 기록은 기억을 보관하는 행위이기도 하다. 인간은 모든 것을 기억하고 싶지만 기억에는 한계가 있다. 기억이란 무척이나 주관적인 것이어서 어떤 부분은 매우 상세히 기억할 수 있지만 또 어떤 일은 거의 기억나지 않는 경우도 많다. 기억은 주관적이다. 같은 사건을 보았다고 해서 모두가 똑같이 기억할 수는 없다. 그렇다면 주관적이라는 것이 과연 객관적인 것보다 나쁜 것일까? 기록이 최대한 객관성을 존중하는 세계라면 문학은 주관적 세계에 가깝다. 『정조실록』은 객관적 기록이지만, 이인화의 소설 『영원한 제국』은 주관적인 허구의 세계이다. 비록 역사에 기록된 것은 아니지만 『영원한 제국』은 작가의 상상력을 통해 만들어진 허구이기 때문에 정조 시대의 밝음과 어둠을 오히려 더 잘 보여 줄 수 있다. 기록이 보여 주지 못하는 것을 기억과 주관, 허구가 보여 주는 것이다.

　일본의 아쿠타가와 류노스케가 쓴 단편 소설 「덤불 속」은 이런 기억의 주관성을 잘 보여 준다. 소설에는 네 명의 인물이 등장하는데 모두가 다 자신이 무사를 죽였다고 고백한다. 심지어 무사 자신도 무당을 통해 영혼으로 등장해서는 자기가 자신을 죽였다고 즉 자결했다고 말한다. 진실은 사라지고 주관적 기억만이 남는다.

　그런데 이 기억이란 게 무척 흥미로워서 즐거웠던 일보다는 괴롭거나 고민되었던 부분을 더 잘 간직하는 경향이 있다. 정신 분석학자인 프로이트는 이러한 정신 작용을 무의식으로 설명했다. 사람들은 기억하고 싶은 것을 기억하고, 기억하기 어렵고 힘든 것은 무의식에 새겨 둔다. 무의식에 새겨진 기억은 불쑥불쑥 잠꼬대처럼 의식 세계를 침범한다. 문학은 우리가 미처 의식으로 끌어내지 못한 무의식을 어떤 방식으로든 문자로 그려 내고자 노력하는 세계를 의미하기도 한다.

　프랑스를 대표하는 작가 마르셀 프루스트의 길고 긴 소설 『잃어버린 시간을 찾아서』는 파편처럼 부서진 채 무의식 곳곳에 새겨진 기억의 원류를 찾아가는 과정을 보여 준다. 우리는 무의식에 숨겨져 있는 원체험을 문학을 통해 복구하고 싶어 한다.

그래서 문학적 글쓰기는 고백과 무척 닮아 있다. 시인 서정주는 「자화상」이라는 시에서 "애비는 종이었다."라면서 위악적으로 자신의 과거를 고백한다. 김승옥이 그의 대표작 「무진기행」에서 자신의 비겁함을 고백하면서 미안하다고 거듭 사과하는 이유도 여기에 있다. 어쩐지 문학 속에 등장해 이야기를 하는 화자들은 사실만을 말하는 것처럼 여겨진다. 이문열의 소설 『젊은 날의 초상』에 등장하는 인물도 그렇고, 최인호의 소설 「술꾼」에 등장하는 어린 술꾼의 고백도 마찬가지이다. 문학으로 쓰인 '나'의 이야기는 곧 고백처럼 받아들여져서 진실한 것으로 여겨진다.

이러한 고백을 전략적으로 사용하는 경우도 있다. 맨부커상을 수상한 영국의 작가 이언 매큐언의 소설 『속죄』는 이런 고백의 전략을 성공적으로 사용한 예다. 소설 속에서 브리오니라는 화자는 자신이 어린 시절 저질렀던 실수를 만회하기 위해 소설을 쓴다. 현실이 어찌 되었던 간에 소설 속에서만큼은 자신이 고백을 하고, 속죄하고, 마침내 용서를 받는다. 비록 그것이 소설 속에서만 가능한 일임에도 말이다.

이는 한편 독자들이 문학적 고백을 읽을 때 좀 더 섬세하고 객관적으로 읽어야 한다는 것을 의미한다. 모든 고백이 진실한 것이 아니라 고백이라는 형식 자체가 진실한 것처럼 보이기 때문이다. 고백은 인간에게는 사실을 알리거나 말해야 할 진실이 있고, 용서

받아야 할 죄가 있음을 염두에 둔 단어이기도 하다. 그런데 최근
에 등장하는 젊은 작가들의 소설은 점점 고백하지 않고 뻔뻔해지
기를 선택한다. 김애란의 「달려라, 아비」와 같은 소설이 발랄하고
젊은 감각으로 여겨지는 까닭도 여기에 있다. 고백하는 게 꼭 좋
은 것은 아니다. 그리고 고백할 만큼 큰 상처가 있어야 문학을 하
는 것도 아니다.

문학은
우리의 삶을

낯설게 만든다

글로 쓰였다고 해서 모두 다 문학이 아니라면 문학적인 글과 문학적이지 않은 글에는 어떤 차이점이 있을까? 문학이라고 부르는 데엔 무엇이 필요할까? 사실 문학적인 것은 우리 주변에 널리 펼쳐져 있다. 가령 손질하지 않아 가지가 왕성하게 자라난 목련나무는 어떤 의미에서 문학적이다. "자주 꽃 핀 건 자주 감자/ 파 보나 마나 자주 감자/ 하얀 꽃 핀 건 하얀 감자/ 파 보나 마나 하얀 감자(권태응, 「감자꽃」)"라는 말은 시이지만 어찌 보면 할머니들의 넋두리와 다를 바 없어 보이기도 한다. 『야후!의 강물에 천 개의 달이 뜬다』라는 이원 시인의 시집 제목은 또 어떤가? '야후!(Yahoo!)'라는 인터넷 포털 사이트의 고유 명사가 시집 제목에 등장하니 이것은 문학적인가 그렇지 않은가?

　문학적인 것과 그렇지 않은 것을 나누는 가장 큰 기준점은 우리의 삶에 대해 질문을 던지는가 아닌가라는 데서 찾아야만 한다. 즉, 우리의 삶을 조금은 낯설게 만드는 공기의 전환과 같은 것이 바로 문학적인 것의 밑바탕이라고 할 수 있다. 우리가 소설이나 시나리오, 희곡같이 시간을 담고 있는 서사보다 '시'를 조금 더 문학적이라고 여기는 이유도 여기에 있다. 시란 우리의 자동화된 삶을 낯설게 하는 언어 행위라고 말할 수 있다. 하얀 꽃이 피면 하얀 감자라고 당연히 여겼던 것이 시를 읽고 나니 새삼스럽고도 대단한 일이라는 것을 알게 된다. 한용운의 시 「알 수 없어요」에 묘사된 자연 현상들도 그렇다.

　알 수 없어요

바람도 없는 공중에 수직의 파문을 내이며
고요히 떨어지는 오동잎은 누구의 발자취입니까

지리한 장마 끝에 서풍에 몰려가는
무서운 검은 구름의 터진 틈으로
언뜻언뜻 보이는 푸른 하늘은 누구의 얼굴입니까

꽃도 없는 깊은 나무에 푸른 이끼를 거쳐서

옛 탑 위의 고요한 하늘을 스치는

알 수 없는 향기는 누구의 입김입니까

근원은 알지도 못할 곳에서 나서

돌부리를 울리고 가늘게 흐르는 작은 시내는

굽이굽이 누구의 노래입니까

연꽃 같은 발꿈치로 가이없는 바다를 밟고

옥 같은 손으로 끝없는 하늘을 만지면서

떨어지는 해를 곱게 단장하는 저녁놀은 누구의 시입니까

타고 남은 재가 다시 기름이 됩니다

그칠 줄을 모르고 타는 나의 가슴은

누구의 밤을 지키는 약한 등불입니까

오동잎의 떨어짐, 검은 구름 속 푸른 하늘, 작은 시내, 저녁놀은
모두 평범한 일상에서 볼 수 있는 자연 현상이다. 하지만 무릇 시
인에게는 이 자연스러운 현상이 매우 놀랍다. 돌이켜 보면 그렇

 주니어 대학

다. 먹구름 사이에 숨어 있는 햇빛이란 얼마나 놀라운 반전이던 가? 시인은 그곳에서 신의 존재를 느낀다. 비록 보이지 않지만 신, 즉 님이란 그렇게 저녁놀의 얼굴로 곁에 머무는 것이다. 시란 그런 것이다. 그리고 문학이란 이런 것이다. 우리가 당연한 것으로 알고 대단치 않게 느끼는 일상의 경험을 조금 멀찌감치 두고 새롭게 생 각하도록 이끌어 주는 것, 그게 바로 시이며 문학이다. 만약 우리 가 이렇게 다시 보지 않는다면 그것들은 우리 곁에 있지만 눈에 띄지 않은 채 사라진다. 우리가 보고, 생각하고, 기억하지 않는다 면 존재하는 것이 아니기 때문이다.

소설가 시드니 셸던은 가족이 있다면 누구나 다 소설가가 될 수 있다고 말한 바 있다. 이는 한편으로는 비꼬는 말이기도 한데, 작가가 되고 싶어 하는 지망생들이 대개 성장기에 큰 상처가 있다 면서 가족 이야기를 소재로 글을 쓰고 고백하려 하기 때문이다. 누구나 인간으로 태어났다면 그 누구라도 작가가 될 수 있다. 하 지만 엄밀히 말해 자신의 상처를 고백하는 게 문학은 아니다.

서정주가 "애비는 종이었다."고 말할 때 진짜 자신의 아버지가 종이었음을 고백하는 게 아니다. 서정주의 시 「자화상」은 일종의 문학적 출사표로서 자신이 어떤 식의 시적 세계를 개척해 나갈 것 인지를 선명하게 보여 주는 선언이라고 할 수 있다. 자신의 대단하 고 자랑할 만한 것을 꺼내어 아름답게 치장하지 않고 오히려 내부

엄마가 해 주던
만두 생각이 나네......
엄마......
총각!
이번 달 월세
내야지.

에 숨기고 싶은 비밀스럽고 추악한 것들을 꺼내 문학의 재료로 삼겠다는 의미인 셈이다. 그래서 서정주의 문학 세계에는 문둥이처럼 상처 입은 인물이나 뱀처럼 음험한 것들이 자주 등장한다. 이는 인간이라면 누구나 가지고 있지만 자랑스럽게 꺼내 놓고 싶어 하지 않는 어떤 욕망에 대한 비유이기도 하다. 여기서 뱀이나 문둥이는 서정주가 자신의 문학적 내면을 펼치기 위해 선택한 미적인 자아라고 할 수 있다. 즉, 진짜 자신이 아니라 창조해 낸 자아이다. 자신의 진짜 이야기 속에서 문학의 소재를 찾는 것은 지나치게 안이한 발상에 불과하다.

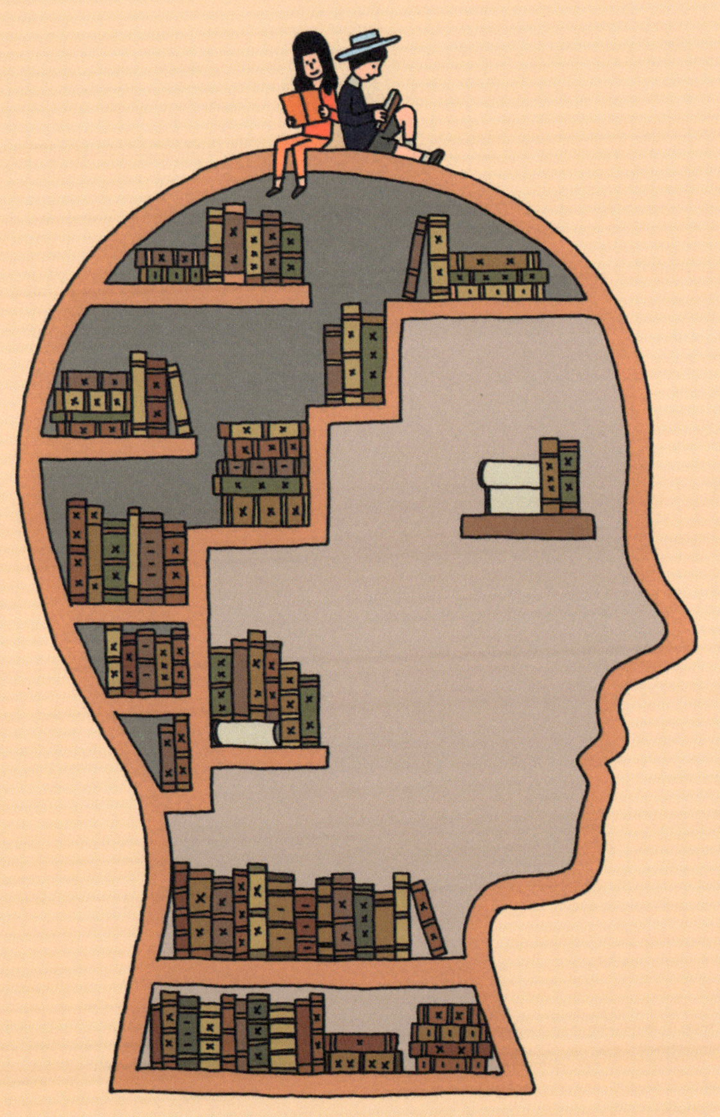

<u>02</u>

문학은 결국

사람의

이야기이다

개성적인
인물이

재미있다

자, 이제 기억에 남는 이야기 주인공을 한번 꼽아 보자. 좀 더 구체적으로, 매우 인상적이었던 소설이나 영화의 주인공을 떠올려 보자. 21세기에 크게 인기를 얻은 영화 가운데 좋은 평가를 받은 「다크 나이트」를 생각해 보자. 어떤 인물이 떠오르는가? 흥미롭게도 영화 「다크 나이트」의 주인공은 분명 배트맨이지만 영화를 보고 난 후 우리의 머리를 가득 채우는 사람은 배트맨의 적인 조커이다.

영화 속 조커는 입이 찢어져 있다. 이 인물은 빅토르 위고의 소설 『웃는 남자』에서 영감을 얻어 만들어진 인물이라고 알려져 있다. 조커는 입이 찢어졌을 뿐 아니라 그 상처를 가리기 위해서인지 해괴한 분장을 하고 있다. 폭탄 전문가로 나오는 그는 온갖 악행을 저지른다. 그의 외모는 그의 행동만큼이나 기괴하고 폭력적이며 비일상적이다. 그래서인지 영화를 보고 나면 배트맨보다 조커의 섬뜩한 얼굴 표정이 더 기억에 남는다.

우리는 여기서 한 가지 힌트를 얻을 수 있다. 선은 평면적이지만 악은 입체적이다. 윤리적이고 착한 인물의 행동은 조금 뻔하다. 하지만 나쁜 인물의 악행은 우리의 예상을 언제나 넘어선다. 영화 속에서 조커가 왜 악행을 저지르는지 여러 번 묻게 되는데 거기에는 특별한 이유가 없다. 심지어 그는 자신의 얼굴에 난 상처가 어떻게 생겼는지 설명해 주지만 그것도 시시때때로 달라진다. 너무나 압도적이지만 이유를 알 수 없는 악, 그래서 그는 악의 절대성으로 등장했다.

사람들은 악한 역시 평면적이라고 생각한다. 하지만 이는 착각에 불과하다. 악은 인간이 이

해할 수 있는 범주 너머에 있다. 가령, '묻지 마 살인'을 저지른 범인을 잡고 우리는 조현병 환자의 행위로 사건에 대한 설명을 종결한다. 그리고 그 범죄를 이해했다고 여긴다. 그런데 조현병 환자가 하필 그 순간 그 인물을 선택해 살해한 데에 어떤 인과 관계가 있을까? 그저 우연에 불과하다.

인간이 가장 두려워하는 것이 바로 우연이다. 인간의 이해력을 넘어서서 아무런 규칙 없이 발생하는 범죄야말로 가장 무서운 일이다. 그래서 사람들은 범죄를 이해하지 못하면서도 이해하는 척 평범하고도 단면적인 '악'을 만들어 낸다. 그것은 악이 평범해서가 아니라 그렇게라도 이해를 해야만 마음이 놓이는 인간의 약점이 만들어 낸 것이라고 할 수 있다. 진짜 범죄 기록엔 이렇게 이해할 수 없는 인물이 종종 등장하지만 적어도 허구적인 서사엔 거의 등장하지 않는다.

그러니까 서사의 인물은 무엇인가 기억할 만한 특성을 가진 경우가 많다. 파트리크 쥐스킨트의 소설『향수』에 등장하는 '장 그르누이'도 독특한 개성만으로 이야기 전체를 장악하는 인물이라고 할 수 있다. 파리의 더러운 시궁창에서 태어난 장 그르누이에게는 아무런 체취가 나지 않는다. 동시에 그는 냄새에 무척 예민하다. 세상에서 가장 아름다운 향을 갖고 싶었던 그는 절대적 아름다움을 풍기는 향수를 만들고자 한다.

한편 자유로운 영혼의 대명사는 '조르바'로 통한다. 바로 니코스 카잔차키스가 쓴 소설『그리스인 조르바』에 등장하는 조르바에게서 비롯된 것이다. 또 피터 섀퍼의 희곡『아마데우스』가 발표된 이후 뛰어난 천재와 동시대를 살아야 했기에 상대적으로 늘 하수에 머물러야 했던 인물들에겐 '살리에리'라는 이름이 주어졌다. 그런가 하면 남이 가진 재능과 부를 부러워하다 못해 그 사람을 따라 하고, 심지어 거짓말까지 하는 인물형은 정신 분석학에서 리플리 증후군이라고 부른다. 여기서 '리플리'는 퍼트리샤 하이스미스가 쓴 소설『재능 있는 리플리』에 등장하는 인물 리플리를 칭한다.

이렇듯 이야기의 중요한 인상을 좌우하는 것이 바로 인물이다. 어떤 인물을 만드느냐가 소설의 매혹을 결정할 수도 있고 또 어떤 인물을 읽느냐가 소설의 재미를 결정하기도 한다. 이는 영화나 드라마에서는 더욱 절대적이다. 영화나 드라마, 뮤지컬처럼 시각적으로 이야기를 만날 때엔 특히 등장인물의 개성이나 성격이 더욱 중요해진다.

우리의 뇌리에 확실한 흔적을 남기는 인물들은 개성적인 인물인 경우가 많다. 앞서 말한 악인들이 기억에 남는 이유도 악이라는 개성이 강했기 때문이다. 조커의 악은 굉장히 개성적인 악이었다. 마치 코맥 매카시의 소설 『노인을 위한 나라는 없다』에 나온 안톤 시거라는 캐릭터가 이해할 수 없는 악으로 더욱 기억에 남듯이 말이다. 이렇듯 뚜렷한 색깔을 지닌 인물들을 개성적 인물이라고 말할 수 있다.

현대의 서사물들은 개성적인 인물을 선호하고 또 어떻게든 개성적인 인물을 만들고자 애쓴다. 하지만 이야기의 주인공들이 처음부터 개성으로 똘똘 뭉쳐 있었던 것은 아니다. 『춘향전』과 같은 한국의 고전 소설들을 보자면 주인공인 남자와 여자는 하나같이 미남 미녀이며 재주가 출중하다. 『백설 공주』나 『신데렐라』에 등장하는 공주와 왕자가 모두 혈통 좋은 미남 미녀에다가 성격마저도 훌륭한 인물인 것과 마찬가지 원리이다. 이런 인물들은 평면적이고 유형적인 인물이라고 할 수 있다.

평면적 인물은 입체적 인물과도 구분된다. 평면적 인물은 처음부터 끝까지 성격이 변하지 않는다. 『흥부전』에서 흥부는 처음부터 끝까지 착하고 성실하며 놀부는 언제나 욕심 많고 변덕스럽다. 그런데 잘 보면 옛이야기일수록 주인공이 평면적이고 유형적인 경우가 많다. 세상이 점점 더 복잡해져 감에 따라 변하지 않고, 뻔한 인물들은 현실적 공감을 잃기 시작했다. 그래서 헨리크 입센의 희곡 『인형의 집』에 등장하는 노라처럼 이야기가 진행되는 가운데 성격이 변화하는 인물들이 하나둘씩 이야기 공간에서 중요한 역할을 하기 시작했다. 이야기 속에서 순진했던 아이가 세상의 어둠을 알기도 하고, 자신을 몰랐던 청년이 자아를 찾아가기도 한다. 이렇듯 현대의 이야기들은 변화하는 주인공을 통해 이야기를 꾸려 나가는 것을 선호한다.

문학 속의 인물은

행동한다

생각해 보면 우리는 모두 어떤 변화를 경험하며 살아간다. 너도나도 소설의 주인공이 되고 영화의 주인공이 되지 못할 것도 없다. 하지만 가만 들여다보면 서사의 주인공들은 우리와는 분명 뭔가가 다르다. 어떤 점이 다를까? 아리스토텔레스라면 이렇게 대답해 줄 것이다. "서사의 주인공은 그냥 사는 인간이 아니라 행동하는 인간이다."라고 말이다. 그렇다면 행동하는 인간이란 과연 어떤 인간일까?

영화 「암살」을 생각해 보자. 「암살」의 여주인공인 안옥윤은 조국인 대한 제국을 사랑한다. 그녀의 애국심은 중요한 성격이다. 그녀는 그저 조국을 사랑하는 데 그치는 게 아니라 그 사랑하는 마

음을 친일파 암살이라는 행동을 통해 표현한다. 다른 사람들도 조국을 사랑하지만 어떤 행동을 하지 못한 경우가 많을 것이다. 하지만 그런 마음만으로는 이야기가 될 수 없다. 즉, 행동하는 인간이 이야기의 인물이 될 수 있다.

행동은 다른 말로 선택이라고 할 수 있다. 영화 「관상」에서 주인공인 김내경이 한양으로 가지 않았다면 아예 김종서를 만나지도 못했을 것이며, 수양 대군 근처엔 얼씬도 못했을 것이다. 한양에

가는 것을 선택했기에 그는 그곳에서 관상을 보는 행동을 했고, 이 선택과 행동으로 인하여 마침내 계유정난의 거센 바람을 맞게 된다. 우리의 뇌리 속에 오래도록 기억되는 인물들도 이렇게 선택하고 행동한 인물들이다.

앞서 우리는 유형적 인물과 개성적 인물에 대해 말한 바 있다. 그리고 오래된 이야기 형태 즉 고전 서사나 옛이야기와 같은 곳에서 유형적 인물들을 만났다. 그런데 생각해 보면 유형적 인물들은 우리가 매일매일 만나고 소비하고 있다고 할 수 있다. 초인적인 힘을 가진 영웅이 등장하는 할리우드 영화라던가 남녀가

만나 서로 알콩달콩 사랑하다 마침내 결실을 맺는 로맨틱 코미디를 살펴보자.

대개 대중 서사 속의 인물들은 유형적인 경우가 많다. 영웅들은 약간의 상처, 트라우마를 가지고 있고 세상을 구원하다가 한두 번쯤 자기 번민과 갈등에 빠져 정체성의 혼란을 겪는다. 영웅이 1편에서 스스로를 발견한다면 2편에서 활약하고 3편에서는 정체성 혼란으로 힘들어하는 게 대개의 구성이다.

연애담은 좀 더 유형적이다. 평범하다 못해 평범 이하의 외모와 경제적 형편에 놓인 여자 주인공이 등장한다. 대개 그녀들은 가난하고, 아름답지는 않지만 당당하고 긍정적이며 상대적으로 우월한 남자에게 절대 기죽지 않는다. 한편 부잣집 아들은 집안에 출생의 비밀이 있기 마련이고, 행복해 보이는 겉모습과 달리 비관적이며 우울하다. 이런 두 남녀가 서로 티격태격 싸우다가 마침내 행복한 커플이 된다. 주인공만 바뀔 뿐이지 이야기는 거의 같다.

이런 이야기의 유형은 인물 중심적이라기보다는 플롯 중심적인 이야기라고 할 수 있다. 마치 컨베이어 벨트 위에 이야기 공식이 흘러가면 하나둘씩 요소요소를

플롯(plot)은 문학 작품에서 형상화를 위한 여러 요소들을 유기적으로 배열하거나 서술한 것을 말한다. 스토리(story)는 일반적으로 어떤 사건들이 일어났는가를 시간 순서대로 나열한 것이다. 스토리와 달리 플롯은 작가의 의도대로 짜임새 있게 재구성한다는 차이가 있다.

주니어 대학

조립하는 방식을 띠고 있다. 그러나 이런 대중 서사도 조금씩 변형과 발전을 거듭해야 대중의 외면을 받지 않는다. 대중 서사에 있어서 가장 중요한 것은 뭐니 뭐니 해도 대중의 사랑이다. 대중은 너무 심오한 일상의 이면을 보는 것도 부담스러워하지만 그렇다고 지나치게 뻔한 공식이 반복되는 것에도 싫증을 낸다. 그래서 이야기에 조금씩 변화가 생겨난다.

제인 오스틴의 소설 『오만과 편견』을 원작으로 삼았지만 주인공 유형을 완전히 바꿔서 성공한 『브리짓 존스의 일기』는 예쁘고 착한 여주인공이라는 틀에서 벗어나 조금 뚱뚱한 여성을 내세워 대중의 지지를 얻어 냈다. 드라마 「시크릿 가든」 속 여주인공 역시 신체적으로 탁월한 능력을 지닌 액션 대역 배우라는 인물형으로 야리야리한 캔디형 여주인공에 변화를 주었다. 「별에서 온 그대」의 여주인공 역시 톱스타임에도 불구하고 덜렁대면서 자기도취적인 단점이 오히려 매력으로 부각된 인물이다. 과거였다면 아름다운 여주인공이라고 하기엔 너무 털털한 성격이지만 오히려 21세기의 드라마 주인공으로서는 훨씬 생동감 있게 받아들여졌다.

뻔한 이야기 속에서 인물들은 조금씩 변화하고 그럼으로써 시대를 반영한다. 비록 당대엔 대중 문학으로, 속된 문학으로 비난받았던 이야기들이 세월이 지나 매우 중요한 가치를 가진 서사 문학으로 재평가되는 이유 가운데 하나가 여기에 있다.

이해하기
어려운

인물들

　　대중 서사 속 인물들의 행위는 그 동기를 파악하기 쉽고 변화도 예측하기 어렵지 않다. 하지만 우리는 종종 꽤 진지한 서사의 주인공들이 도대체 왜 그런 행동을 한 건지 이해하기 어려운 경우와 만나기도 한다. 이럴 때 우리는 '문학이란 참 어렵군', '예술 영화는 난해해.'라고 생각하게 된다.

　이청준의 소설 「벌레 이야기」를 원작으로 한 영화 「밀양」을 봐도 그렇다. 영화의 주인공 신애는 아들을 잃고 급속히 종교에 빠져든다. 그러다가 자신보다 먼저 하느님을 만난 범죄 가해자와 마주하게 되자 그만 이성의 끈을 놓고 만다. 이창동 감독의 다른 영화 「시」의 주인공 미자는 시를 배우며 살아가는 마음도 얼굴도 고운 할머니이다. 그런데 손자가 불미스러운 일에 연루되고, 그녀 자신은 치매에 걸렸음을 알게 된다. 영화 속 그녀가 마지막으로 어떤 선택을 했는지 해석하기는 여간 어렵지 않다.

그런 의미에서 이상의 소설 「날개」의 마지막 장면을 보자. 아내가 자신에게 아달린이라는 수면제를 주고, 매춘을 했다는 사실을 확인하게 된 주인공은 미쓰코시 백화점 옥상에 올라가 정오를 알리는 사이렌 소리를 듣는다. 그리고 "날개야 다시 돋아라. 날자. 날자. 날자. 한 번만 더 날자꾸나. 한 번만 더 날아 보자꾸나."라고 말하며 비상한다. 이 비상은 현실의 물리적 법칙 안에선 추락으로 이어질 게 뻔하다. 하지만 정신의 세계에서 보자면 그는 이제야 수면제의 몽롱함에서 깨어나 비상하고 있음을 알 수 있다.

고전 소설의 세계에서는 선한 인물은 상을 받고 악한 인물은 벌을 받았다. 사필귀정, 인과응보와 같은 말들이 인물의 행동에 뒤따랐다. 하지만 사회가 점점 발전하고 현대화되어 감에 따라 선명한 결말은 비현실적이며 개연성이 떨어진 것이 되어 버렸다. 세상이 점점 더 복잡해지면서 인간이란 그렇게 쉽게 이해되고 드러날 수 없는 존재라는 진실을 더 깊이 깨닫게 된 것이다.

초능력을 가진 영웅들은 영화나 소설 속에서 모든 문제들을 해결해 준다. 악을 처단하고 푸른 지구의 안녕을 지켜 준다. 하지만 현실 속에서 우리는 테러범들이 납치한 비행기가 뉴욕의 세계 무

속보입니다.
뉴욕 세계 무역 센터 쌍둥이 빌딩에
여객기가 충돌했습니다.
테러로 의심되는……
NEWS 속보
뉴욕 세계 무역 센터 테러
참, 요즘 세상은
알 수가 없어……

역 센터로 날아드는 것을 막을 수 없고, 테러범들이 파리의 공연 장에 들이닥쳐 총기를 난사하는 것도 막을 수 없다.

현실은 영화보다 훨씬 복잡하고 대중 서사보다 더 이해하기 어렵다. 그런 의미에서 좀 더 진지한 영화와 소설들은 이해하기 어렵고 한마디로 설명하기 불가능한 세상을 되도록 이해할 수 없는 것 그 자체로 보여 주고자 한다. 이런 서사 속엔 이해하기 어려운 인물이 등장하고 납득하기 불편한 행동들도 나타나기 마련이다. 결국 서사란 세상의 반영이다. 소설 속 인물 유형들이 어려운 게 아니라 우리가 살아가면서 만나는 사람 그 자체가 쉽지 않은 것 이다.

03

문학의 여러 얼굴을 만나 봐!

인터넷에서 유행하는
말 놀음도

과연 시일까?

문학의 영역은 도대체 어디에서부터 어디까지일까? 우리는 어떤 영화를 보고 "문학적이다."라고 표현하곤 한다. 이는 비단 문학 작품을 원작으로 한 영화를 의미하는 게 아니라 영화의 어떤 느낌이 문학적이라고 여기는 것이다. 이창동 감독의 「시」와 같은 작품이 그럴 것이다.

혹은 어떤 그림을 보고도 서사적이라고 평가할 수 있다. 1900년대 초 미국에서 활동한 에드워드 호퍼의 그림은 마치 프랜시스 스콧 피츠제럴드의 소설 『위대한 개츠비』와 같은 분위기를 풍긴다. 호퍼의 그림을 보면 뭔가 이야기가 떠오르고 사연이 연상된다. 소설처럼 주인공으로 여겨지는 인물이 있고, 그녀 혹은 그에겐 많은 사연이 있어 보인다. 그래서인지 2013년엔 이 화가의 그림들을 그대로 영화 장면으로 쓴 「셜리에 관한 모든 것」이라는 작품이 등장했다.

앞서 말한 것처럼 이때 문학적이라는 수식어는 서사가 있다는 것을 의미한다. 인물과 사건 그리고 줄거리가 있다는 것이다. 다른 말로 문학적이라는 말은 사람의 감성을 자극한다는 의미로 통용된다. 신문 기사는 소설처럼 인물, 사건, 배경의 요소를 다 갖추었지만 문학적이라고 말하지 않는다. 여기엔 사실과 정보만 있고 쓴 사람의 감정이나 이해가 거의 없기 때문이다.

이를테면 어떤 사람이 갑자기 추워진 날씨를 "창 너머 세상을 보니, 이제 따뜻한 커피가 생각나는 계절이 왔구나."라고 표현한다면, 문학적이라고 말하곤 한다. 이번 장에서 알아볼 내용은 문학이 우리 삶에 얼마나 다양하게 투영되어 있으며, 또 우리가 어떤 식의 변형을 거쳐 문학을 즐겨 왔는가에 대한 이야기이다.

우리가 읽는 일간지의 한쪽에는 '오늘의 시'와 같은 제목 아래 시들이 게재되어 있다. 주로 권위 있는 문학 전문가가 시 한 편을 골라 싣고 해설을 보태는 형식이다. 세계의 그 어떤 신문을 봐도 이런 경우는 드물다. 어떤 점에서 우리는 시를 일상 속에서 소비하고 사는 매우 독특한 민족이기도 하다. 심지어 지하철 플랫폼에 서서도 시를 읽을 수 있다. 우리 주변에 놓인 이 수많은 시 혹은 시적인 것들을 우선 문학이라고 부를 수 있다.

그런데 한번 생각해 보자. 어떤 시인이 "슬픔/ 물에 불은 나무토막, 그 위로 또 비가 내린다(진은영, 「일곱 개의 단어로 된 사전」 중)"고 했을 때, 슬픔은 시인의 새로운 언어로 새 옷을 입게 된다. 그렇다면 이런 것은 어떤가? "끝이 어딜까/ 너의 잠재력(하상욱, 「다 쓴 치약」 중)" 인터넷에서 유행 중인 이런 말 놀음도 과연 시일까?

물론 문학은 시간이 흐르면서 점점 달라진다. 이번 장에서는 특히 과거엔 문학으로 존중받지 못했으나 문학의 중심 영역으로 성큼성큼 걸어 들어온 대중 서사의 변모에 대하여 살펴보고자 한다. 이는 과연 어떤 이야기가 새롭게 문학의 영역에 들어올 것인가 예측해 보는 작업이기도 하다.

재미로 읽는

범죄 소설

범죄 서사는 가장 오래된 대중 서사이다. 문학의 시작을 서사시 혹은 신화로 보는 경우가 많은데, 이때 문학은 영웅과 미녀 같은 대단한 사람을 다루는 이야기라고 볼 수 있다. 그런데 언제부터인가 범죄 서사가 등장하면서 재미로 읽는 소설의 대명사가 되기 시작했다. 악당 소설이라고도 일컫는 피카레스크 소설이 바로 범죄 서사의 초기적 형태이다. 범죄 서사는 점차 탐정 소설, 추리 소설과 같은 이름으로 발전해 왔다. 중요한 것은 사회가 점점 산업화, 현대화됨에 따라 범죄 서사가 더 다양해지고 더 많은 인기를 누리고 있다는 사실이다.

범죄 서사가 대중적으로 인기를 얻기 시작한 것은 선한 악당이 등장하면서부터이다. 『홍길동전』의 홍길동이나 『임꺽정』의 임꺽정은 분명 범죄자이기는 하지만 오히려 법을 집행하는 사람보다 더 옳다. 그들은 부패한 관료와 정치에 대항하고 정의를 찾기 위해 범죄를 선택했다. 이런 선한 악당 소설은 점차 탐정 소설의 형태로 자리를 잡기 시작한다. 우리가 잘 아는 셜록 홈스 시리즈, 푸아로 시리즈와 같은 유명한 탐정 캐릭터 소설이 등장한 것이다.

19세기 이후 세상엔 계급과 상관없이 많은 돈을 가진 사람들이 속속 등장한다. 재산이 많아지고, 상속과 유산에 복잡한 셈법이 개입하기 시작하면서 개인이 범죄의 피해자가 되는 경우가 많아졌다. 에드거 앨런 포, 코넌 도일과 같은 작가들은 주로 부유한 집안의 문제나 가정의 범죄를 해결해 주는 전지전능한 인물들로 탐정을 만들어 등장시킨다.

레이먼드 챈들러와 같은 작가는 주로 보험 사기와 범죄를 다루었는데, 특히 매혹적이며 아름다운 여자가 등장해 정의롭지만 여자에게 약했던 탐정을 배신하는 이야기로 인기를 얻었다. 이때 등장한 용어가 바로 팜파탈(femme fatale)이다. 범죄, 여자와 같은 매혹적인 소재는 금세 영화계의 관심을 끌었다. 하드보일드 탐정 소설이라고 불렸던 이런 부류의 범죄 소설은 갱스터 영화, 필름 누아르로 영화화되어 큰 인기를 얻는다. 레이먼드 챈들러가 각색한 제임스 M. 케인의 「이중 배상」이나 대실 해밋의 『몰타의 매』 등

은 영화화되어 평단과 대중의 사랑을 모두 받은 작품들이다.

세월이 흘러 20세기가 되고 미국이 세계 경제의 중심으로 부각하면서 이제 범죄는 단순히 한 개인이 저지르는 일이라기보다는 조직적으로 발생하게 된다. 범죄는 소위 조직폭력배의 사업으로 발전하는데, 이를 다룬 가장 대표적인 작품이 바로 『대부』이다. 소설 『대부』는 프랜시스 드 코폴라 감독에 의해 영화화되어 지금까지도 가장 대표적인 갱스터 누아르 영화로 인정받고 있다.

이후 냉전 시기를 거치면서 이언 플레밍의 007 시리즈가 인기를 얻기 시작했고 범죄 서사는 단순히 개인의 문제를 넘어서서 국제적 긴장을 다루는 정보원, 스파이 문제로 거듭 발전했다. 하지만 냉전의 시대가 끝나는 한편 세상의 범죄들이 점점 더 흉악해짐에 따라 소설 역시 세상의 변화를 반영하기 시작했다.

최근에 가장 인기를 끄는 범죄 서사는 일본의 사회파 스릴러와 북유럽 스릴러이다. 미야베 미유키, 히가시노 게이고 등 일본 작가의 범죄 서사는 국내에서 꾸준한 인기와 관심을 받고 있다. 「밀레니엄」 시리즈, 『백설공주에게 죽음을』과 같은 중북부 유럽의 스릴러, 범죄 서사들도 새롭게 인기를 얻고 있다. 세상이 변해 감에 따라 범죄 서사는 거듭 진화 중이다.

과학의 발전과

관계있는
SF

SF는 과학을 뜻하는 사이언스(Science)와 허구를 의미하는 픽션(Fiction)의 합성어로, 과학적 이론을 경험 세계의 현실과 접합한 장르이다. 과학의 발전이 인간에게 줄 혜택에 대한 기대감과 그 이면의 우려와 불안이 SF 서사를 만들어 낸 것이다. 따라서 SF 역사는 과학의 발전사와 연관이 있다. 생명체 복제, 화성에서의 삶, 우주여행, 디지털 혁명, 사이버 공간과 같은 과학적 상상력들은 이미 실현된 것도 있고, 아직 현실화되기 어려운 것도 있지만 우선 과학적 이론으로 입증된 사항들이다.

SF는 일찍이 장르 소설로 자리 잡았다. 사실과 허구를 이야기를 구성하는 두 축으로 볼 때, SF는 사실보다 허구를 강조한다.

또한 과학적 가능성을 통해 미래에 대한 작가의 비전을 제시하고자 한다. 그런 점에서 SF는 지금, 여기보다는 어딘가 다른 곳, 즉 시간적으로나 공간적으로 다른 어떤 곳을 그리고 있는 작품이다.

화성에 낙오된 우주인의 이야기인 앤디 위어의 『마션』, 복제 인간의 인권을 색다른 시각으로 그린 가즈오 이시구로의 『나를 보내지 마』 등은 언젠가 가능할 과학적 사실에 상상력을 보탠 작품들이다. SF는 우리가 지금, 여기서 눈에 보고 감각하는 세계가 아니라 앞으로 가능할 것이라고 믿는 어떤 세계와 이론을 상상으로 그려 낸다.

SF 소설들은 과학적 발전이 가져올 행복한 미래보다는 그것으로 인해 놓칠 수도 있는 소중한 현재의 가치를 종종 그린다. 일례로 많은 SF 소설들이 핵전쟁 이후와 같은 비극적 상황을 그려 낸다. 이러한 어두운 미래를 유토피아의 반대말인 디스토피아라고 부른다. 이런 작품들은 과학이 가져올 변화에 대한 반성과 인식을 다룬다. 훌륭한 SF는 과학적 사실의 중요성이나 그것의 진위 여부에 매달리지 않는다. 그보다는 인간다움과 과학적 가능성의 공존이라는 문제를 언급하는 데 집중한다.

SF는 소재와 방식을 통해 몇 가지로

디스토피아는 현대 사회의 부정적인 측면이 극단화한 암울한 미래상을 말한다. 문학에서는 현대 사회의 부정적인 모습을 허구로 그려 냄으로써 현실을 날카롭게 비판하는 작품을 뜻한다.

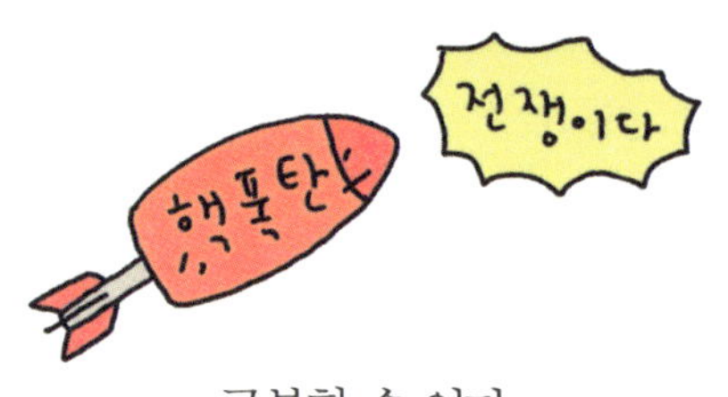

구분할 수 있다.

우선, 아직 도래하지 않은 미래 사회를 디스토피아 혹은 유토피아로 제시한다. 메리 셸리의『프랑켄슈타인』은 최초의 SF 소설로 평가받는다. 사랑하는 이의 죽음에 한계를 느낀 의사 프랑켄슈타인이 시체를 조합해 새로운 생명을 창조한다. 소설에『프랑켄슈타인: 혹은 현대의 프로메테우스』라고 부제가 붙은 이유도 여기에 있다. 삶과 죽음을 결정하는 것은 신의 영역인데, 신에게서 불을 훔쳐다 준 프로메테우스처럼 인간이 의학 기술을 통해 극복하려 하는 시도에 대한 근본적인 반성이 여기에 있는 것이다.『프랑

켄슈타인』은 이후에도 중요한 영향을 미쳐 투명 인간이나 스파이더맨처럼 생물학적 변화를 겪는 이야기들의 모태가 되었다.

두 번째로 주목해야 할 SF 작품 중 하나는 바로 시간과 공간 이동 즉 시간 여행에 관한 것들이다. 아인슈타인의 상대성 이론 속에서 이론적으로 가능한 이 가설을 이용해 사람들은 시간 이동에 대한 욕망을 드러낸다. 이 욕망에는 과학적 발전을 넘어선 인간의 훨씬 더 근원적인 바람이 자리 잡고 있다.

마지막으로는 우주로의 확장을 다룬 작품들이다. 앤디 위어의 『마션』과 같은 작품이 대표적인데 영화에서 표현된 매력적인 시각 이미지가 특히 인상적이다.

인간의
무한한 상상력,

판타지

영화 「반지의 제왕」, 「해리 포터」, 「나니아 연대기」의 공통점은 무엇일까? 우선, 이 영화들은 모두 흥행에 성공한 대작이다. 두 번째, 이 작품들은 모두 원작 소설이 있다. 세 번째, 이 영화들은 우리가 '환상 영화', '판타지'라고 부르는 장르물이다.

일반적으로 판타지 영화는 "실재하지 않는 것으로 생각되는 세계"를 그린 영화라고 여겨진다. 우리가 경험해 보지 못한 세계를 공상과 상상으로 만들어 낸 공간이 곧 판타지인 셈이다. 판타지가 본격적으로 중요한 문학 장르로 여겨지기 시작한 것은 톨킨이 『반지의 제왕』을 쓰고 난 이후의 일이다. 1955년 완간된 『반지의 제왕』은 톨킨이 정신적, 문학적 동지로 여긴 루이스의 『나니아 연대기』와 더불어 판타지의 기본 틀을 만든 작품이다.

여기서 판타지란 현실에 존재하지 않는 환상 세계의 이야기라는 의미를 갖는다. SF와 차이점이 있다면 SF의 상상이 이론적 가능성 위에 존재하는 것에 비해 판타지는 말 그대로 공상이라는 점이다. 『반지의 제왕』은 실재하지 않는 환상적 공간 속에서 일어나는 전투 상황을 그려 낸 작품이다. 마법 학교에 입학한 소년 마법사들의 모험담을 그린 「해리 포터」 시리즈 역시 마찬가지이다. 판타지는 인간의 무한한 상상력을 재미있는 이야기 소재로 확장시켰다.

중요한 것은 대개의 판타지 문학이 허황한 상상을 서사화하는 것이 아니라는 점이다. 사우론, 호빗, 요정과 같은 개념들은 모두 비현실적이지만 소설 속의 상황은 상징적이며 현실적이다. 잘 알려져 있다시피 『반지의 제왕』이나 『나니아 연대기』는 세계 대전을 모티프로 만들어진 작품이다. 자신의 힘을 독재적 지배력으로 확장하려는 사우론의 야심은 제2차 세계 대전을 일으킨 역사적 원흉들을 겨냥한다. 이러한 면모는 『나니아 연대기』에서도 발견된다. 제2차 세계 대전 중 전쟁을 피해 시골로 간 네 명의 형제자매들은 옷장 너머에 존재하는 환상 세계에 들어가게 된다. 세계 대전이라는 공포스러운 현실을 환상을 통해 극복해 나가는 것이다.

판타지는 단순히 환상적 세계를 그리는 소재에 그치지 않고 그

FANTASY

것을 통해 인간 심리의 심오한 진리나 인간 사회의 복잡함을 그려 낸다. 흥미로운 것은 판타지가 21세기 들어 가장 영향력 있는 대중 서사로 성장했다는 사실이다. 『나니아 연대기』나 「해리 포터」를 읽고 자란 세대는 「헝거 게임」이나 「메이즈 러너」와 같은 키덜트 소설을 읽고 어른이 된다. 어른이 되고 나서도 판타지를 기본 서사로 한 작품들에 호감을 보인다.

대부분 게임들이 판타지 소설과 거의 유사한 서사적 줄거리로 진행되는 이유도 무관하지 않다. 가상의 세계가 존재하고 그곳에서 전쟁이 벌어지며 게임 속 주인공이 된 플레이어는 사건들을 해결해 나간다. 그곳은 실재하지 않는 개념적 공간이지만 플레이어들은 마치 사실인 양 즐기고 유추한다. 사이버 공간에 대한 공감과 감수성은 환상 문학, 환상 영화, 환상 게임에 대한 수요를 자극하는 원동력이다.

LITERATURE

04

문학이 무슨 소용이 있을까?

고난이

힘이 된다

TV와 신문을 보면 험악한 일들이 너무 많다. 어린아이가 어린이집에 가다가 등원 차량에 깔려 숨을 거두기도 하고, 아이를 돌봐야 할 교사들이 심지어 아이를 학대하기도 한다. 집도 그렇게 따뜻하지만은 않다. 장기 결석 학생들을 조사해 보니 학대받는 아이들, 학대받다 못해 세상을 떠나 버린 아이들이 속출한다. 이런 세상에서 문학을 읽고 쓴다는 것이 무슨 소용이 있을까? 무력한 한숨이 나온다.

이 질문은 문학이 탄생한 이후 거듭 행해졌던 것이다. 문학이 도대체 무슨 소용이 있을까라는 의문에 대해 아리스토텔레스는 문학은 다른 사람들이 부당하게 불행에 빠진 것을 보고 깊이 공감하고, 공포를 느낌으로써 오히려 카타르시스를 얻게 해 준다고 말했다. 공포와 공감, 카타르시스는 아리스토텔레스가 말하는 문학의 쓰임새이기도 하다. 타인의 고통을 모르는 척하는 것이 아니라 그것에 깊이 공감하는 것이 연민이다. 공포는 그처럼 고통스러운 일이 나에게도 생길지 모른다는 데서 빚어지는 감정이다. 타인의 불행을 마치 내 일처럼 여기는 것, 그것이 연민과 공포이고 마침내 이러한 감정을 겪고 나서 후련해지는 쾌감이 바로 카타르시스인 것이다.

이렇듯 문학은 감정의 사용을 권장한다. 이 감정의 사용이라는 점에서 한때 문학은 정치나 윤리와 같은 합리적 사고와는 별개의 것으로 여겨지기도 했다. 하지만 진정한 문학은 세상에 일어나고 있는 불합리한 일들을 매우 구체적인 경험으로 체험케 함으로써 의미 있는 질문을 던진다. 빅토르 위고의 『레 미제라블』을 읽고 나서, 가난한 아이를 키우는 엄마의 심정에 함께 고통을 느꼈다면 이는 단순히 불쌍한 사람의 이야기에 감동한 것에 머무는 것이 아니다. 버려진 아이를 제대로 키우는 일, 그리고 그러한 일에 있어 사회와 국가가 해야 할 몫들에 대한 질문이 여기에 같이 실리기 때문이다.

문학은 매우 구체적인 사례와 장면들을 통해 우리가 신문 기사에서 보았던 건조한 사건을 윤기 있게 생각하도록 해 준다. 그러므로 우리가 살고 있는 이 어려운 세상에 인간성이란 무엇인가를 묻고 또 그 의미를 파악하도록 도와주는 것, 그것이 문학이다.

좀 더 실용적인 관점에서 연민의 기능은 간접 체험의 가치로 받아들여도 된다. 소설에는 여러 인물 유형들이 등장한다. 재미있게도 소설의 주인공 중에는 세상이 권하는 멋지고 힘 있는 인물보다는 나약하고, 모순 덩어리인 인물이 더 많다.

톨스토이의 소설 『안나 카레니나』에 등장하는 안나는 부유한 유부녀인데, 성실한 남편을 뒤로하고 불륜을 저지른다. 피츠제럴드의 소설 『위대한 개츠비』 속 개츠비는 이미 다른 사람의 아내가 된 첫사랑을 되찾고자 한다. 개츠비는 세상의 통속적 관점에서 보자면 윤리적으로 문제가 있는 인물이지만 소설 속에서 다른 어떤 인물보다도 위대하다고 평가받고, 안나는 독자들에게 멍한 슬픔을 준다.

소설은 여러 가지로 세상의 창이 되어 준다. 소설이 주는 효과 가운데 하나를 간접 체험이라고 부르는데, 이는 우리가 그 소설적 허구의 세계에 매우 실감 나게 몰입했을 때 얻는 결과 가운데 하나이다. 즉, 안나 카레니나의 선택에 감정 이입을 해서 깊이 있게 읽고 나면 적어도 안나가 저질렀던 실수를 되풀이하지는 않게 된

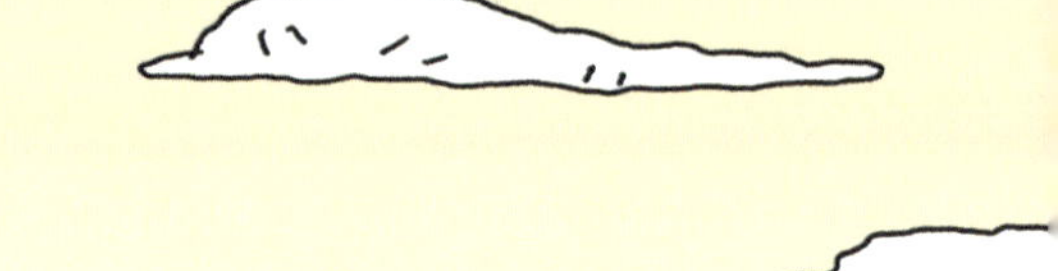

다. 플로베르의 소설 『마담 보바리』의 주인공 보바리 부인이 삼류 연애 소설을 읽고 잘못된 불륜의 길로 들어섰지만 그 누구도 『안 나 카레니나』를 읽고서는 삼류 연애에 빠져들지 않을 것이다. 그것 이 바로 훌륭한 문학과 그렇지 못한 문학의 차이이기도 하다.

우리는 얀 마텔의 소설 『파이 이야기』의 파이처럼 227일 동안 태평양을 표류할 수 없다. 하지만 파이를 통해 신과 인간의 존재 에 대해 질문을 던질 수 있고, 리처드 파커라는 이름의 호랑이와

동승할 수도 있다. 영화화 된 소설 『마션』처럼 화성에 간다거나 홀로 그곳에서 생존할 수는 없지만 주인공이 전해 주고자 하는 메시지는 충분히 전달받고, 그의 낙천성도 공유할 수 있다. 완전히 다른 조건, 다른 공간에서 일어나는 일이지만 우리는 감정 이입을 통해 간접적으로 다른 세계를 체험하고, 실제 삶에 있어서 실수의 여지를 줄여 나갈 수 있다. 문학이 백신에 비유되는 이유도 여기에 있다. 훌륭한 문학은 우리 삶에 대한 면역력을 높여 준다.

복수는

나의 것

문학이 인생에 대한 고리타분한 교훈만 주는 것은 아니다. 많은 독자들이 문학을 읽게 되는 가장 실용적 이유 가운데 하나는 '재미'가 있어서이다. 그렇다면 재미는 무엇일까? 그 재미 가운데 하나가 바로 현실에서는 거의 불가능한 일들이 이루어진다는 것이다.

우선 표면적으로 SF나 판타지처럼 현실 생활에서 불가능한 상상력이 문학의 세계에서는 무궁무진하게 가능하다는 것을 예로 들 수 있다. 「해리 포터」 시리즈에 등장하는 킹스크로스 역 9와 4분의 3 승강장이나 장대한 마술, 주문은 현실엔 없다. 하지만 소설의 공간에서 그것은 박진감 넘치는 이야기로 상상을 채워 준다.

『반지의 제왕』 속의 공간,『거울 나라의 앨리스』에 등장하는 이상한 나라들도 마찬가지이다. 문학은 우리의 상상력이 뻗을 수 있는 그 어떤 공간까지도 확장 가능하다.

두 번째 이유는 좀 더 현실적인 바람을 실현시켜 주는 기능이다.『로미오와 줄리엣』은 연애 서사의 대표작이다. 양가의 반대를 딛고 사랑을 이루고자 하는 로미오와 줄리엣에게 있어 '죽음'은 오히려 달콤한 제안이 된다. 장애물과 사랑은 겉으로 봐서는 매우 어울리지 않지만 장애물 없는 사랑은 도리어 시시할 정도이다. 영원한 사랑은 변하지 않는 사랑이기에 죽음 앞의 사랑이야말로 가장 완전한 사랑의 모델이 되기도 한다. 현실에서는 아무리 사랑한다고 해도 목숨까지 걸기는 쉽지 않다. 그러나 영화와 소설과 같은 서사에서는 그런 일들이 종종 등장한다. 사람들이 목숨 건 사랑에 환상을 품고, 또 욕망하기 때문이다.

문학 작품에서는 소년이 멋진 남자로 자라고 가난한 시민이 부자로 거듭나며 가난한 고아 소녀가 백부에게 거액의 유산을 받고 결혼을 하기도 한다. 소년은 영웅이 되고, 소녀는 바랐던 꿈들을 실현한다. 우리는 이러한 것을 일컬어 판타지의 충족이라고 말한다. 현실적으로 매우 어려운 일들이 소설과 같은 서사 속에서 가능해지기 때문이다.

문학을 읽는 세 번째 이유는 문학이 우리에게 자유를 주기 때

문이다. 문학 속에서 우리는 남몰래 품은 욕망을 꿈꾸기도 하고, 혼자만 갖고 있던 비밀의 상상을 풀어 놓기도 한다. 어떤 점에서 법이나 질서에서 벗어나는, 그러니까 우리의 일상적인 자아가 절대로 하지 않는 일들이 문학 속에서는 가능해지기도 한다. 천만 이상의 관객을 불러 모은 영화 「도둑들」을 생각해 보자.

사람들은 도둑질을 하는 게 분명 도덕적으로 옳지 않고 법에 어긋나는 일이라는 것을 잘 알고 있다. 그러나 영화를 통해 삶의 균형을 깨트리는 일탈의 즐거움을 맛본다.『대부』와 같은 소설의 주인공이 조직폭력배인 것도 마찬가지의 이유이다. 우리가 상식선에서 해 볼 수 없는 일들이 문학 속에서는 일어난다.

이러한 과정들을 통해 문

학은 우리의 욕구를 성취시켜 준다. 즉, 일상이 허락해 주지 않는 어떤 일들을 허락함으로써 시원한 해방감을 선사해 주는 것이다. 한편, 문학은 우리가 원하는 것뿐 아니라 두려워하는 것도 구체적으로 보여 준다. 가까운 사람의 죽음이나 세계의 종말과 같은 두려운 상상을 그린 문학이 일종의 예방적 학습 효과를 선사해 주기도 한다. 문학을 통해 우리는 한 번뿐인 삶을 여러 번 사는 효과를 누리게 되는 것이다.

그냥,

즐거움

보르헤스의 시 「축복의 시」에는 "책과 밤을 함
께 주신 신의 경이로운 아이러니"라는 구절이 나온다. 밤은 길고,
잠이 오지 않던 아주 먼 옛날엔 아마도 책이야말로 신이 주신 축
복이자 선물이었을 것이다. 하지만 한편으론 재미있는 이야기만
큼 잠 못 들게 하는 '잠 도둑'도 드물 것이다. 책은 그런 점에서 밤
과 가장 잘 어울리면서도 안 어울리는 아이러니한 선물임에 틀림
없다.

문학은 우선 지적인 즐거움을 충족시켜 준다. 긴 밤, 추리 소설
을 읽을 때 독자는 작가와 두뇌 게임을 하게 된다. 과연 범인은 누
구이고, 어떻게 된 일이고, 결국 어떤 방식으로 결말이 맺어질지를

알아 가는 과정은 그 자체로 즐거운 지적 게임이 된다. 탐정 소설, 추리 소설, 범죄 소설이 대중적으로 인기를 끄는 이유도 여기에 있다. 생각하는 동물, 호모 사피엔스로서의 즐거움을 충족시켜 주는 고급한 문자 예술이 곧 문학인 셈이다.

두 번째로 문학은 거울처럼 우리의 삶을 보여 준다. 어린아이들은 거울 속 자신의 모습을 보면서 즐거워한다. 마찬가지로 사람들은 자신의 모습이 찍힌 사진이나 영상을 관찰자의 입장에서 바라보는 것을 흥미로워한다. 만약 문학이 우리 삶을 그럴듯한 방식으로 비추는 거울이라면 그것을 읽음으로써 우리는 삶 속에 놓인 나를 평소와 다른 방식으로 발견하는 기쁨을 누리게 된다. 문학을 읽는다는 것은 시대적 환경 가운데 놓인 인간을 비추는 일이며, 거울처럼 그 삶을 들여다보는 일이기도 하기 때문이다.

세 번째로 문학은 어떤 패턴을 완성하는 즐거움을 준다. 인간에게는 이야기를 통해 습득된 서사 본능이 있다. 어떤 이야기를 듣기 시작하면 그것이 알맞은 방식으로 맺어지기를 소망한다는 뜻이다. 사필귀정이나 인과응보와 같은 사자성어가 함축하고 있는 의미도 그런 방식에서의 서사의 완성이라고 할 수 있다. 가령 『신데렐라』를 읽을 때 어떤 방식으로 끝맺음될지 독자들은 기대를 하며 읽는다. 『인어 공주』의 결말은 대중 독자들의 희망과 기대에서 어긋나지만 오히려 그렇기 때문에 더 기억에 남는 것이 되기도

음……
이 녀석이
범인인가?
내 이야기
같아……
주인공이
행복했으면
좋겠다~

한다. 삶의 퍼즐 조각을 맞추듯 소설을 읽는 것에는 이처럼 서사적 완성감을 즐기는 재미도 있다.

타인의 삶을 듣는 것은 그것만으로 즐거움이 된다. 우리의 본능 속에 타인의 삶에 대한 궁금증과 관심, 또 타인의 불행에 대한 공감과 연민이 있기 때문이다. 질투하고, 연민하고, 안타까워하고, 사랑하는 인간의 다양한 감정들이 담겨 있는 것이 바로 문학이다.

문학 안에는 우리 사회가 담고 있는 여러 가지 모순들이 있고, 그 모순들 가운데서 성장하여 우리 사회가 나아가야 할 지표를 보여 주게 되는 상징적인 인물이나 사건들도 있다. 인간에게는 다른 사람, 다른 삶에 대한 근본적인 호기심과 관심이 있다. 이 호기심과 관심의 바탕 위에 인간성은 마련된다. 수치나 통계로 이루어진 사람의 삶에 아무런 온기와 재미가 없다면 거기에 인간성이 빠져 있기 때문일 것이다. 문학이 추구하는 재미란 곧 사는 재미이며 문학을 통해 얻게 되는 즐거움 역시 인간이기에 갖는 순수한 즐거움인 셈이다.

네가
살 곳이
딱 정해진 건
아니야.

05

삶 속의

문학과

문학 속의 삶

진지한 문학은

끝난
것일까?

서양 문학사에서 문학의 시작은 서사시를 비롯한 구전 문학으로 본다. 이는 동양도 비슷하다. 무엇인가 이야기를 하는 것, 그것을 모두 문학이라고 칭했는데, 사실 서사시와 같은 형태는 이제 더 이상 문학의 영역 안에 존재하지 않는다. 세상이 바뀌어 감에 따라 어떤 것은 새로운 문학이 되고 또 어떤 문학은 흔적만 남기고 사라지곤 한다. 국어 시간에 배우는 고려 가요나 향가와 같은 양식이 아마 그러할 것이다. 있었기는 하지만 더는 아무도 즐겨 사용하지 않는다면 그것이 역사적 가치가 있더라도 현재의 문학적 효용으로 따지기는 어려울 것이다.

반면, 과거에는 문학의 영역에 포함되지 않았으나 지금은 포함

된 것도 있고, 아예 존재하지 않았던 것이 새롭게 발명된 것도 있다. 1990년대에는 이러한 흐름이 극대화되어 아예 문학의 죽음을 선언하기도 했다. 여기서 말하는 문학은 20세기적인 의미의 문학을 뜻한다. 즉, 세상에 대한 진지한 질문을 던지고 현실적인 힘을 갖는 문학, 우리가 근대 문학이라 부르는 것이다. 존 바스라는 학자는 이를 '고갈의 문학'으로 표현했다. 문학 형식은 역사를 가지며 한편으로는 매우 우연적인 것이어서 시대에 따라 주된 예술 형식이 바뀐다는 것이다.

누군가에게는 진지한 소설의 시대가 끝난 것이 곧 문학의 죽음일 수도 있다. 일본의 문예 비평가인 가라타니 고진이 『근대 문학의 종언』이라는 책을 통해 선언한 것도 비슷한 맥락의 이야기이다. 포스트모더니즘에서 이런 이야기는 탄력을 얻는데, 소설보다 더 불투명한 현실이 소설의 재현 가능성을 없앴다는 주장이기도 하다. 근대 소설은 개연성과 인과성에 지배받는 매우 지적인 재현인데 현대 사회에서 인과성이나 개연성을 찾기는 어려워졌다는 것이다. 단편적이며 자극적인 이미지들이 나열될 뿐 어떤 질서나 인과 관계를 찾기 힘들다는 의미를 담고 있다.

그런 점에서 코맥 매카시의 『노인을 위한 나라는 없다』나 『로드』 같은 작품들은 근대 문학의 관점에서 보자면 결함이 많은 소설이 된다. 『노인을 위한 나라는 없다』에는 아무런 이유 없이 살인을 저지르는 사이코패스 안톤 시거가 등장한다. 소설은 처음부터 끝까지 그의 살인을 자세히 묘사하면서도 왜 그러는지 설명해 주지는 않는다. 과거 로버트 블로흐의 소설 『사이코』에서 인물의 행동 원인을 오이디푸스 콤플렉스나 가정 환경에서 찾아 친절히 설명해 주는 것과는 완전히 다른 양상이다. 즉, 최근의 소설을 읽다 보면 원인과 결과를 따지는 것이 우스운 일처럼 여겨질 때도 있다. 그만큼 근대 문학의 성격과는 거리가 멀어진 것이다.

전통적인 의미에서 빅토르 위고의 『레 미제라블』이나 톨스토이

의 『안나 카레니나』가 진지한 소설이라면, 최근에 나오는 소설들은 매우 가볍고 덜 진지해 보인다. 조너선 사프란 포어의 『엄청나게 시끄럽고 믿을 수 없게 가까운』과 같은 소설을 보면, 검게 칠해지거나 그림이 점점이 뿌려진 페이지, 숫자만 있는 페이지들이 등장한다. 한번 생각해 보자. 문자에 앞서 영상을 접하는 세대들에게 있어 문자보다는 영상이나 그림이 훨씬 더 사실적으로 느껴질 수 있다. 새로운 세대들에겐 조너선 사프란 포어의 소설이 훨씬 더 그럴듯해 보일 수도 있는 것이다.

문학은 정답이 있고 고정된 형태라기보다는 시대에 따라서 계속 그 형태를 바꾸는 것이라 보는 것이 옳다. 문학적인 것은 단순히 줄 글의 형식만을 가리키지는 않기 때문이다. 역설적으로 웹툰이나 게임이 문학을 침범한 것이 아니라 문학이 웹툰과 게임 영역까지 넓어졌다고 보는 편이 옳다.

이미 영화화되기도 한 게임 「워크래프트」는 『반지의 제왕』을 비롯한 판타지 문학에 바탕을 두고 있다. 윤태호의 웹툰 가운데 드라마로 만들어진 「미생」이나 영화로 만들어진 「이끼」의 경우 이야기의 흐름은 소설과 거의 다르지 않다. 다만 서사를 즐기는 대중들의 취향이 줄 글을 읽는 형식에서 좀 더 다양한 감각을 자극하는 서사로 확장되고 옮겨 가는 것이다. 문학은 죽는 것이 아니라 바뀌어 가는 것이다.

성장,

영원한 서사의
밑거름

그렇다면 정말 진지한 문학은 다 죽고, 이제 진짜 문학은 없는 것일까? 반대로 말해서 가볍고, 장난스럽고, 상업적인 문학만 있는 것일까? 이에 새롭게 등장한 여러 문학의 얼굴을 들여다보고자 한다. 매우 전통적인 이야기와 새로운 이야기, 두 개를 나란히 놓고 이야기해 보자.

미야자키 하야오의 애니메이션 「센과 치히로의 행방불명」은 애니메이션임에도 불구하고 베를린 영화제에서 황금곰상을 수상했다. 이는 여러 가지로 의미심장한 일이다. 「센과 치히로의 행방불명」은 전형적인 성장 서사를 따르는 작품이다. 성장 서사라는 학술적 명칭은 사실 존재하지 않는다. 왜냐하면 대개 모든 문학의 주인공은 사건이 시작되는 단계와는 달라진 모습으로 서사 세계에서 떠나기 마련이기 때문이다. 즉, 서사라는 시공간에서 인물들은 어떤 세계를 만나고 한층 성장한 모습을 갖게 된다.

서양 문학사에서 성장이라는 모습은 교양 소설이나 계몽 소설이라는 이름으로 구체화되어 왔다. 이런 분류는 좀 더 문학사적인 의미로 특히 시민 사회가 성장했던 18세기에 등장한 근대 소설에 국한되는 경향이 있다. 서양의 프랑스 혁명은 이전에는 귀족만이 독차지했던 교양 교육이 시민으로까지 확대될 수 있는 가능성을 열어 놓았다.

하지만 이 교양이라는 게 쉽사리 획득되는 건 아니다. 마치 영화 「귀여운 여인」에서 여자 주인공이 화려한 만찬에 처음 초대되었다가 포크와 나이프 사용 예절을 제대로 몰라 헤매는 것처럼, 기회가 열린다고 해서 그 복잡한 예법과 교양을 다 배우긴 어려운 것이다. 유럽의 근대 소설들은 그런 점에서 배움의 과정에서 등장하는 어려움과 개인의 성장을 교양 소설, 계몽 소설의 틀 안에서 담아냈다.

우리에게 성장 서사는 좀 더 감각적이다. 황순원의 「별」이나 「소나기」, 오정희의 『유년의 뜰』이나 『새』와 같은 작품이 전형적인데, 주인공이 어떤 사태를 경험하고 나서 정신적, 육체적으로 성숙하며 어른이 되는 서사를 가리키기 때문이다. 오정희의 『새』에 등장하는 화자는 열두 살 소녀인데, 그녀는 아이의 관점에서 변해 가는 세상의 풍경과 이해하기 어려운 삶의 곤경들을 서술한다.

책가방을 메고 해 질 녘에 집을 나서는 것은, 땅바닥에 길게 드리운 우리들의 그림자를 보는 것은, 어딘가 아주 먼 길을 떠나는 옛이야기 속 사람들의 모습을 그려 볼 때처럼 호젓하고도 아득한 느낌을 주었다. 아버지는 예고 없이 들이닥쳤지만 얘기책의 줄거리처럼, 어느 날 이렇게 떠나라고 장중하고 비장하게 일러 준 누군가의 목소리가 있어 나는 언제나 이런 날이 있을 줄 알고 있었고 그 부름에 충실히 따르고 있는 것 같았다.

골목을 벗어날 즈음 나는 뒤를 돌아보았다. 방금 우리가 나온 큰집은 보이지 않았다. 앞집에 가려져서 보이지 않는다는 것을 알면서도 나는 그 집이 어느 순간 사라져 버린 것만 같이 생각되었다.

(오정희, 『새』 일부)

서양 소설의 예를 들자면, 헤르만 헤세의 『데미안』이 가장 잘 들어맞는 이야기일 듯하다. 데미안 역시 싱클레어가 10대 소년일 때 만났던 친구이다. 이렇듯 대개 성장 서사의 주인공은 10대들인 경우가 많다. 그때 주인공은 거의 대부분 세상을 잘 알지 못했지만

나는
성장 서사의
주인공~

하나둘씩 세상의 어두운 부분과 만나게 되는 인물인 경우가 많다. 그런 점에서 「센과 치히로의 행방불명」은 문학이 말하는 성장 서사를 고스란히 이미지로 변주한 작품이라고 볼 수 있다.

아직 어머니에게 떼를 쓰기 일쑤인 아홉 살 소녀 치히로는 이사 때문에 전학을 하게 된다. 영화의 첫 장면에서 치히로는 이 갑작스러운 변화가 못마땅해 뾰로통하니 부모에게 화를 내고 있다. 낯선 곳으로 이사하는 중 길을 잃게 된 치히로의 가족은 터널을 지나 폐허가 된 테마파크를 발견하게 된다. 그리고 무엇엔가 이끌리듯 그곳에 들어가 예기치 못한 일들을 맞게 된다. 주인의 허락을 받지 않고 음식을 먹은 엄마, 아빠가 돼지로 변하고 치히로는 귀신들의 온천에 들어가게 된 것이다.

치히로는 온천장의 지배자인 유바바를 만나 노동 계약서를 쓰게 되는데 그곳에서 살게 해 주는 대가로 이름을 빼앗기고 센이라는 새 이름을 받게 된다. 그때 치히로를 도와준 소년 하쿠는 치히로라는 본래의 이름을 절대 잊지 말라고 조언하며 그 뒤로도 여러 번 치히로를 위기에서 구한다. 치히로는 변장한 채 온천장에 들어와 혼란을 야기한 가오나시를 잘 설득하고, 오물 신을 구해 줌으로써 신비의 영약을 얻는 한편 유바바와 대결 중인 제니바의 도움도 받는다.

결국 치히로는 하쿠가 제 이름을 기억하게 도와주고, 돼지들 가운데서 부모를 구해 터널을 되돌아 나온다. 치히로가 온천장에 머물렀던 그 긴 시간 동안 바깥 세상의 시간은 흐르지 않았고, 부모는 그동안 있었던 일을 아무것도 기억하지 못한다. 치히로가 경험했던 일은 치히로의 기억 속에서만 생생한 채, 추억이 되고 만 것이다.

치히로의 흘러간 시간은 왜 현실에 반영되지 않은 것일까? 그것은 동화 『잠자는 숲속의 공주』에서 공주가 100년 동안 잠이 든 동안 성 안의 모든 시간이 멈춘 것과 같은 원리이다. 즉, 소녀가 정신적으로 자라나는 동안 세상의 시계는 잠깐 멈춘다. 이는 반대로 말해 정신적 성숙은 매우 짧은 찰나의 순간에도 이룩할 수 있다는 의미이기도 하다.

「센과 치히로의 행방불명」은 치히로로 보자면 전형적인 성장 서사에 속한다. 하지만 귀신이나 유령, 강의 신과 같은 비현실적 요소들이 출몰한다는 점에서는 일본 전통 설화의 세계에 가까운 판타지라고 볼 수 있다. 또 노동의 가치만이 의미 있음을 설파한다는 점에서 『걸리버 여행기』와 같은 범주라고 말할 수도 있다. 즉, 「센과 치히로의 행방불명」 속의 이야기는 전통적 의미에서의 문학적 장르 어느 하나에 속하지는 않지만 다양한 문학의 맥락에 닿아 있다.

문학,

상상의
원천

1894년 영국의 작가 러디어드 키플링이 발표한 『정글북』은 애니메이션, 뮤지컬, 영화와 같은 다양한 매체를 통해 재생산되고 있다. 제임스 배리가 쓴 『피터 팬』 역시 연극, 뮤지컬, 영화, 드라마, 애니메이션 등 다양한 매체로 재생산되고 있다. 무대에 올려져 대단한 인기를 얻은 뮤지컬 「지킬 앤 하이드」나 「레베카」, 「레 미제라블」도 모두 소설이 원작이다.

이처럼 현재 다양한 매체를 통해 다양한 방식으로 즐기고 있는 많은 작품들이 문학 작품에서 시작되었다. 이는 문자의 세계에서 탄생한 문학 작품이 사람들의 상상력을 건드려 다양한 방식으로 표현되고 확장되고 있음을 보여 준다. 이야기의 매력은 워낙 풍부

해서 시대를 뛰어넘어 새로운 서사 양식에 맞춰 변주될 수 있다. 문학은 이렇듯 가장 동시대적 서사를 통해 재생산되고 활발하게 유통된다. 원 소스 멀티 유스(One Source Multi Use)라고도 하는 이러한 변환 과정은 단지 글자로 쓰인 것만을 문학으로 한정할 수 없음을 잘 보여 준다. 세상의 미디어가 점점 발달함에 따라 문학은 글자라는 좁은 틀을 벗어나 시각적 영역으로까지 확장 중이다.

우리가 거의 매일 접하는 드라마나 영화의 시나리오는 매우 전통적 의미에서의 문학에 더 가깝다고도 할 수 있다. 전통적인 성장 서사는 판타지와 만나 새로운 키덜트 문학으로 탈바꿈하고 있다. 앞서 판타지에서 예를 든 「메이즈 러너」, 「헝거 게임」 등은 성장 서사와 신화의 세계에 바탕을 두고 있다. 또한 전 세계적으로 큰 인기를 끌었던 「트와일라잇」 시리즈는 로맨스뿐 아니라 브램 스토커의 소설 『드라큘라』로부터 시작된 괴기 문학과 심지어 셰익스피어의 희곡 『로미오와 줄리엣』의 금지된 사랑이라는 설정에까지 이어져 있다.

중요한 것은 현재의 변화된 관점과 주제 의식을 새롭게 변신한 문학이 반영하고 있다는 사실이다. 문학은 서로 다른 분야와의 결합이나 전복을 두려워하지 않고 거듭나는 중이다. 문학의 외연은 점점 넓어지고 있으며 문학은 상상력의 힘을 키워 준다.

2부

01

윤동주, 단단하고 순결한 삶

아름답고
풍요로운

명동촌 시절

시인 윤동주는 우리에게 참회와 부끄러움의 시학으로 알려져 있다. 교과서에서 배운 「십자가」, 「참회록」과 같은 작품을 통해 윤동주의 이름은 다들 한번쯤 들어 봤을 것이다. 하지만 윤동주의 시집 『하늘과 바람과 별과 시』가 생전에 발표된 시집이 아니라 사후 발간된 유고 시집이라는 것, 그리고 그에 대한 본격적인 연구가 1980년대에 이르러서야 나왔다는 것을 아는 사람은 드물다. 심지어 그가 우리가 잘 알고 있는 근현대사의 인물 문익환 목사와 같은 고향 사람이었음을 아는 사람은 몇이나 될까?

교과서 속 시의 박제된 인상에서 벗어나 사람 윤동주로 다가온 데에는 2016년 이준익 감독이 발표한 영화 「동주」의 덕이 크

쓸쓸함
별
별
추억
어머니
별 사랑
시 별
동경

다. 「동주」는 몇 편의 소설을 원작으로 삼고 있는데, 이런 소설들이 가능할 수 있었던 것은 송우혜 선생이 쓴 『윤동주 평전』 덕분이다. 영화 「동주」의 주요 인물인 송몽규와 같은 가문의 일원이기도 한 송우혜 선생은 끈끈한 애정과 부지런한 조사 끝에 그동안 알려져 있지 않거나 왜곡되었던 시인 윤동주의 삶을 재구성해 냈다. 지금부터 다룰 윤동주의 생애 이야기도 송우혜 선생의 평전에 기댄 바가 크다.

윤동주는 1917년 북간도 명동촌에서 태어났다. 윤동주의 증조부가 함경북도 종성에서 북간도로 삶의 거처를 옮겼다. 명동촌 시절 윤동주의 집안은 무척 풍족했다. 과실나무가 풍성했던 윤동주의 기와집은 교회당과 가까웠다. 윤동주의 유년 및 아동기였던 명동촌 시절은 윤동주가 시적 감수성을 기르는 토대가 되었다고 할 수 있다. 윤동주의 시에서 자주 회고되는 아름답고 풍요로운 시절은 바로 명동촌 시절을 지칭한다. "별 하나에 추억과/ 별 하나에 사랑과/ 별 하나에 쓸쓸함과/ 별 하나에 동경과/ 별 하나에 시와/ 별 하나에 어머니, 어머니"라고 부르던 그 곱고 여린 감성의 씨앗이 명동촌의 풍요로움 속에서 발아한 것이다.

하지만 명동촌의 삶은 여러 가지 외부적 환경으로 인해 끝난다. 윤동주 일가는 삶의 터전이었던 명동촌에서 용정으로 옮겨 간다. 용정으로 옮기며 기와집은 초가집으로 변하였고, 영화 「동주」에 나오듯이 고종사촌인 송몽규네와 같은 집을 쓰게 된다. 비옥한 텃밭은 이내 소작을 주게 되었고, 윤동주의 아버지는 여러 가지 사업을 시도했지만 변변치 못했다.

윤동주는 문학에만 취미가 있는 게 아니라 축구 선수로 뛰기도 하고, 꽤나 멋을 잘 내는 멋쟁이였다고 한다. 심지어 바느질도 잘해서 손수 옷을 고쳐 입거나 친구들의 명찰을 바느질로 달아 주었다고 전해진다. 하지만 대개의 사람들은 윤동주를 조용하고 차분한 외유내강형의 인물로 기억한다. 이런 성격은 송몽규와의 대조를 통해 부각되기도 한다. 송몽규는 이미 십대 시절에 공산주의의 필요성을 역설할 만큼 웅변가인 데다 활동가였다.

송몽규의 삶이 윤동주의 삶에 있어서 중요한 까닭은 단지 그가 함께 자란 친지간이라서가 아니다. 송몽규와 윤동주는 연희 전문학교에 진학하는 과정도 함께하고, 일본 유학 역시 비슷한 시기에 떠난다. 송몽규는 중학 시절 항일 운동을 한 전력이 있는데, 이것 때문에 일본 유학 시절 경찰에게 요시찰 인물로 지목되었다고 한다. 그와 함께 움직이고 자주 만났던 윤동주가 검거되었던 까닭의 큰 부분이 바로 송몽규였던 셈이다.

삶과
밀착된

청아한 시

　　윤동주는 평양에 있는 숭실 중학교에 다니던 시절, 학교 문예지 편집을 맡았다. 그는 숭실 중학교 학생회에서 발행하던 《숭실활천》에 시 「공상」을 게재했다. 이 시기는 윤동주가 시에 대한 자각을 높여 갔던 때로 여겨진다.

　　1938년 윤동주는 송몽규와 함께 연희 전문학교(현재 연세 대학교) 문과에 입학한다. 그들은 기숙사 3층 지붕 밑 방에 머물며 대학 생활을 시작한다. 윤동주는 최현배 선생의 조선어 강의와 이양하 교수의 영문학 수업을 들으며 고유의 시적 개성을 자리 잡아 간다. 「병원」, 「위로」 등 여러 편의 시를 썼고, 연희 전문학교 문과에서 발행한 《문우》지에 「자화상」과 「새로운 길」 등을 발표한다. 윤동주의 시적 감성이 드디어 완성된 시의 형태로 드러나기 시작한 셈이다.

이 시기에 발표된 작품 속에는 윤동주 특유의 반성적 태도와 청렴하고 결백함, 정신적 순결주의가 잘 반영되어 있다. 새로운 지적 자극과 함께 급변해 가던 식민지 현실이 시에 투영된 것이라 볼 수 있다. 윤동주는 1942년 26세의 나이로 드디어 일본에 유학을 가게 된다. 그의 대표시 「참회록」은 일본 유학 수속을 위해 히라누마로 창씨개명한 이후에 쓰였다.

참회록

파란 녹이 낀 구리 거울 속에

내 얼굴이 남아 있는 것은

어느 왕조의 유물이기에

이다지도 욕될까

나는 나의 참회의 글을 한 줄에 줄이자

— 만 이십사 년 일 개월을

　무슨 기쁨을 바라 살아 왔던가

(윤동주, 「참회록」 일부)

이 글들은
압수다!

일본으로 건너 간 윤동주는 동경의 릿쿄 대학 문학부 영문과에 입학하고, 송몽규는 교토 제국 대학 사학과에 입학한다. 윤동주는 이 시절에 「흰 그림자」, 「쉽게 쓰여진 시」 등 시 5편을 써서 서울에 있던 친구 강처중에게 보냈다.

1943년에는 27세의 나이에 일본 경찰에 체포되어 시모가모 경찰서에 구금되었는데, 이때 유학 중 썼던 상당한 분량의 글들을 모두 압수당했다. 1944년 윤동주는 치안 유지법 제5조 위반, 독립운동 죄로 징역 2년을 선고받았다. 송몽규도 윤동주와 같은 죄목으로 징역 2년을 선고받았다. 하지만 윤동주는 형기를 채우지 못하고 다음 해인 1945년 2월 16일 감옥에서 사망하고 만다.

그로부터 얼마 뒤 송몽규는 윤동주의 아버지와 면회하게 되는데, 감옥에서 이름 모를 주사를 강제로 맞고 있다고 말했다고 한다. 그 뒤 한 달이 채 지나지 않은 3월 7일에 송몽규도 옥사했다. 해방이 되기까지 고작 5개월 여 남은 시점이었다.

윤동주의 시가 대중에게 소개된 것은 해방 이후인 1947년, 정지용이 소개 글과 함께 《경향신문》에 게재한 유작 「쉽게 쓰여진 시」가 최초이다. 이후 1948년, 강처중은 간직하고 있던 윤동주의 유고 시들을 모아 시집 『하늘과 바람과 별과 시』를 정음사에서 출간했다.

윤동주는 한국의 시인 가운데서도 매우 독특한 정신세계를 보여 준다. 그의 시는 그의 삶과 밀착되어 있어서, 그의 시에서 발견되는 청아함은 곧 그의 삶이라고 보아도 무방하다. 사실 문학은 삶과 분리되어 있는 언어의 기교가 아니다. 말은 곧 그 사람이고, 그렇기에 시는 그 사람의 얼굴이기도 하다. 비록 생전에 시인으로서 영예를 누리지는 못했지만 윤동주는 영원한 시어를 통해 지금까지 수많은 사람들에게 사랑받고 있다.

02

박경리,
시대의
거울

험난한 시대를
몸소 관통해 온

작가

9·28 수복 전야에 진영의 남편은 폭사했다. 남편은 죽기 전에 경인 도로에서 본 괴뢰군의 임종 이야기를 했다. 아직도 나이 어린 소년이었더라는 것이다. 그 소년병은 가로수 밑에 쓰러져 있었는데 폭풍으로 터져 나온 내장에 피비린내를 맡은 파리 떼들이 아귀처럼 덤벼들고 있더라는 것이다. 소년병은 물 한 모금 달라고 애걸을 하면서도 꿈결처럼 어머니를 부르더라는 것이다. 그것을 본 행인 한 사람이 노상에 굴러 있는 수박 한 덩이를 돌로 짜개서 그 소년에게 주었더니 채 그것을 먹지도 못하고 숨이 지더라는 것이다.

남편은 마치 자신의 죽음의 예고처럼 그런 이야기를 한 수 시간 후에 폭사하고 만 것이다.

　박경리의 소설 「불신 시대」는 나이 어린 소년의 폭사 이야기를 전했던 남편이 같은 방식으로 폭사했다는 보고로 시작된다. 보고라는 용어를 쓴 이유는 무척이나 건조하고 냉담하게 남편의 죽음을 전달하기 때문이다. 이어 '진영'이라는 인물이 친정어머니와 함께 안양으로 피난 간 이야기, 전쟁 끝에 아들 문수의 손을 잡고 황폐한 서울로 돌아온 이야기가 이어진다. 그런데 비극은 이게 끝

이 아니었다. "문수가 자라서 아홉 살이 된 초여름, 진영은 내장이 터져서 파리가 엉겨 붙은 소년병을 꿈에 보았다." 다음 날 진영은 아들을 잃는다. "의사는 중대한 뇌수술을 엑스레이도 찍어 보지 않고, 심지어는 약 준비조차 없이 시작했던 것이다. 마취도 안 한 아이는 도수장 속의 망아지처럼 죽어 갔다."

　「불신 시대」는 분명 소설이다. 하지만 이는 자전 소설이다. 이야기의 상세한 부분이야 작가의 삶과 다르지만 대략 큰 줄거리는 닮아 있다. 소설에서처럼 남편은 폭사당했고, 아들은 어린 나이에 사

고로 죽었다. 박경리는 험난한 시대를 몸소 관통해 온 작가이다. 박경리의 소설에는 유독 역사의 비극 앞에서 휘청이는 인물들이 자주 등장한다. 이것은 소설적 분신이라고 할 수 있을 작가의 자아가 투영된 결과이다. 박경리의 삶 자체가 한국사요, 그의 소설은 그런 점에서 뚜렷한 화인을 남긴 한국사의 일부이다. 국민 작가로 칭송받은 이유가 바로 여기에 있다.

박경리는 1926년 경상남도 통영에서 태어났다. 아버지는 방랑기가 심했다고 전해지며 거의 어머니 밑에서 성장한다. 박경리의 소설에는 '친정어머니'가 종종 등장하는데 실제 어머니와 무척 닮아 있다. 박경리는 아버지라는 세상을 무조건 견디기만 했던 어머니를 사랑하면서도 못 견뎌 했다고 한다. 박경리는 1945년 진주 여자 고등학교를 졸업하고 다음 해에 김행도와 결혼한다.

김행도는 부유한 집안의 자손으로 일본 유학까지 마친 인물이었다. 박경리는 회고를 통해 남편과 함께 인천에서 살았던 2년이 인생에서 가장 행복했던 때라고 말한다. 인천에서 박경리는 헌책방을 전전하며 책에 빠져들었다고 한다. 1949년 남편이 서울로 직장을 옮기자 박경리는 서울 가정 보육 사범학교에 진학한 뒤 졸업 후 황해도의 연안 여자 중학교에 교사가 되어 부임한다. 하지만 1950년 전쟁이 발발하고, 이후 박경리의 삶은 거친 풍랑에 휩싸인다.

     주니어 대학

　박경리의 남편 김행도의 거취에 대해서는 여러 가지 소문이 있다. 결과적으로 추론해 보자면 1·4 후퇴를 전후해서 남편이 세상을 떠난 것은 분명해 보인다. 『불신 시대』의 첫 부분처럼 남편과 아들을 모두 잃은 박경리는 굉장한 괴로움에 빠지고 만다. 그녀는 교사로 일했는데, 당시엔 결혼한 여자가 교사를 하는 것에 대해 좋지 않은 시선을 가졌던 듯싶다. 소설 『시장과 전장』에는 결혼한 사실을 되도록 말하지 말라는 당부가 나와 이런 상황과 이어지는데, 이 역시 박경리가 경험했던 일이었을 확률이 높다.

『토지』 집필에
바친

25년 세월

박경리는 1955년 「계산」, 1956년 「흑흑백백」 등의 단편 소설이 《현대 문학》에 실리면서 등단했다. 박경리를 추천한 사람은 소설가 김동리였다. 등단을 하면서 박경리는 박금이라는 본명을 박경리라는 필명으로 바꾸게 된다. 이후 1957년 「불신 시대」로 《현대 문학》 신인 문학상을 수상함으로써 성공적인 작가 생활을 시작하게 된다.

중요한 것은 한국 문학사가 박경리를 기억하는 까닭이다. 박경리는 등단한 이후 장편 소설에 매진하게 된다. 첫 번째 장편 소설 『김약국의 딸들』에서 시작된 박경리의 소설은 『시장과 전장』, 『파시』를 거쳐 대중적 인지도와 평가를 모두 얻게 된다. 특히 『시장과 전장』은 전쟁 이후 한국의 현실을 시장과 전장의 논리로 대비해 보여 줌으로써 소위 '여성 작가'의 소설적 세계를 뛰어 넘었다는 평가를 받는다. 박경리는 『시장과 전장』을 통해 베스트셀러 작가 대열에 동참하였고, 박경리의 표현대로 여류가 아니라 소설가로 대접받게 되었다.

한국 문학사의 중요한 자산 중 하나인 대하소설 『토지』는 이러한 바탕 위에서 만들어졌다. 박경리는 1969년 대하소설 『토지』의 집필을 시작한다. 『토지』를 《현대 문학》에 연재하던 1971년 박경리는 암을 진단받고 수술을 받는다. 박경리는 『토지』의 서문을 통해 당시 경험했던 죽음의 공포와 불안을 서술한 바 있다. 그리고 수술 이후 갱생한 삶의 보답과 의지를 글쓰기로 불태우기로 결심했다고 밝힌다. "글을 쓰지 않는 내 삶의 터전은 아무 곳에도 없었다."라며 박경리는 이후 오직 『토지』 집필에 매진한다.

1969년에 시작된 『토지』 집필은 1994년 8월에 완간됨으로써 무려 25년 세월을 거쳐 이루어졌다. 『토지』는 대단한 상업적 성공을 거두었고 박경리에게 문인으로서 커다란 명예를 선사했다. 하지만 작가는 "상인과 작가의 차이, 기술자와 작가의 차이"에 대하여 고민했다. 작가로서 얻게 된 대단한 상업적 성공의 의미를 끊임없이 자문했던 것이다.

박경리는 2008년 5월 5일 여든두 살의 나이로 세상을 떠났다.

토지는 25년 세월 동안 집필했어요.
와~ 책 많다~

『토지』의 배경이 된 경상남도 하동 평사리 일대는 토지 마을로 재구성되어 관광 명소가 되었고, 마지막까지 머물렀던 강원도 원주의 '토지 문학관' 역시 작가의 흔적을 보존하고 있다.

작가 박경리는 개인으로서는 행복하다고 말하기 어려운 삶을 살았다. 이십 대에 일찍이 남편을 잃고, 아들까지 잃었던 여성, 전쟁을 치르고 삶 자체를 전쟁처럼 싸워 나가야 했던 여자 박금이의 삶을 보면 그렇다. 하지만 작가이기에 박금이의 이러한 고통은 박경리의 수려한 문장으로 되살아날 수 있었다.

"나는 슬프고 괴로웠기 때문에 문학을 했으며, 훌륭한 작가가 되느니보다 차라리 인간으로서 행복하고 싶다. (「자기의 목소리」 중)"

그러나 이 또한 작가의 운명이 아닐까? 인간으로서의 행복 이상의 사유를 독자에게 전해 줄 수 있으니 말이다.

3부

01

창작에
필요한 자세는
어떤 것인가요?

사람들은 창작을 무에서 유를 창조하는 과정으로만 생각합니다. 물론 세상에 태어난 작품들은 이전에 없었던 새로운 것이 맞습니다. 그러나 그렇다고 해서 우주가 탄생하듯이 아무것도 없는 데서 비롯되는 것은 아니지요.

창작에 있어서 가장 필요한 것이 관찰인 이유도 여기에 있습니다. 문학 작품을 짓는다는 것은 세상에 대해 적극적인 관심을 가지고 그것을 생각한 끝에 글로 써내는 것을 의미합니다. 관심을 갖는 것은 잘 관찰한다는 것과 같은 말입니다. 섬세하게 들여다보고, 꼼꼼히 바라보면 세상은 생각보다 많은 것을 보여 줍니다.

문학 작품에서 만나는 사랑, 이별, 행복, 슬픔과 같은 것은 모두 우리가 살면서 경험하는 것들입니다. 이 경험을 조심스럽게 들여다보고 사려 깊게 돌아볼 때 문학이 필요로 하는 관찰력이 생깁니다.

문학적 소재도 그렇습니다. 누군가를 좋아하게 되면 시키지 않아도 바라보고 분석하고 기다리게 됩니다. 세상을 사랑할 때 관찰하고 싶어지고, 관찰은 더욱 폭넓고 깊어집니다. 톨스토이의 소설 『안나 카레니나』의 시작은 신문 기사였습니다. 공지영의 소설 『도가니』의 시작도 신문에 실린 사회면 기사였지요. 신문이 세상에 일어난 일을 건조하게 기록한다면 문학은 그 일에 대한 한 사람의 깊은 고민의 과정과 그 결과를 보여 줍니다. 그러므로 내가 살아

    주니어 대학

가는 삶의 주변을 살펴보는 관찰력, 그것이야말로 세상에 대한 애정을 보여 주는 과정이고 또 문학을 하는 데 있어서 가장 필요한 첫 번째 소양입니다.

보르헤스의 단편 소설 중에 「기억의 천재 푸네스」라는 작품이 있습니다. 주인공 푸네스는 어느 날 말에서 떨어지는 사고를 겪고 난 후 지나치게 비상한 기억력을 갖게 됩니다. 그는 사람 얼굴에서 4분의 1 지점 왼쪽 얼굴과 4분의 3 지점 왼쪽 얼굴의 차이를 구분하고, 가벼운 미소와 진중한 미소의 차이를 알게 되지요. 하지만 세상만사에 지나치게 민감해진 푸네스는 마침내 스스로 그 능력을 견디지 못하게 됩니다.

푸네스의 탁월한 기억력은 곧 작가에게 요구되는 탁월한 재능의 다른 이름이기도 합니다. 무릇 작가라면 이렇듯 섬세한 기억력과 세세한 구분의 힘 그리고 그것을 나타낼 만큼 예민한 언어 감각을 추구해야만 합니다. 무라카미 하루키의 소설 『노르웨이의 숲』에는 정확한 어휘를 찾을 수 없어서 말하기를 힘겨워하는 인물이 등장합니다.

문학을 하는 사람이라면 하늘에서 내리는 비를 단순히 비라고 부를 수 없습니다. 5월의 비와 7월의 비 그리고 12월의 비는 '비'라는 하나의 단어로 나타낼 수 없는 어마어마한 차이를 가지고 있기 때문이지요. 이 차이를 푸네스처럼 섬세하게 발견하고 기억하는 것, 그것이 바로 문학하는 사람의 관찰력입니다. 사람들이 무심히 넘기는 것을 세심히 보아야 하지요.

이렇게 섬세한 관찰의 결과로 "안개는 마치 이승에 한이 있어서 매일 밤 찾아오는 여귀가 뿜어 내놓은 입김과 같았다.(김승옥, 「무진기행」 중)"와 같은 문장이 나올 수 있고, "키 큰 맨드라미처럼 우울하게 서서 그를 노려보는 샤워기(최인호, 「타인의 방」 중)"와 같은 비유도 생각해 낼 수 있지 않을까요?

어떻게 연습하면
글을 잘 쓸 수 있나요?

글을 잘 쓰려면 어떻게 해야 할까요? 글을 잘 쓰는 데에는 특별한 지름길이 없습니다. 연습을 하는 것, 이게 정답입니다. 그렇다면 질문을 좀 바꿔 볼까요? 글 쓰는 연습은 어떻게 해야 할까요?

우선 많이 찾아서 읽어 보는 것, 그것이 첫 번째입니다. 시를 좋아한다면 시를, 소설을 좋아한다면 소설을, 모두 좋다면 좋은 작품들을 하나둘씩 읽어 보는 것입니다. 그런 다음 마음에 드는 문장이 있다면 베끼고 기록해 두는 것이 좋습니다. 베껴 쓰는 과정에서 글쓴이의 호흡과 마음에 닿을 수 있습니다. 그리고 혼자라면 절대로 떠올리지 못했을 고급한 단어들을 만날 수도 있습니다. 많이 읽을수록 어휘는 풍부해집니다.

좋은 문장을 최대한 많이 찾아내서 자신만의 노트를 만드는 것도 도움이 됩니다. 그리고 자신의 문장을 써서 마치 남의 글이나 책을 읽듯이 객관적으로 볼 수 있는 훈련을 해야 합니다. 이 훈련의 과정 역시 많은 글을 읽어서 어떤 글이 좋고 나쁜지 각자 자신의 기준을 마련해 보는 것입니다.

이 기준을 만들기는 쉽지 않습니다. 기준을 찾고 싶다면 여러 사람들이 추천하는 훌륭한 문장들을 먼저 보는 것도 좋습니다. 그리고 그 문장들을 곱씹어 가며 좋은 문장에 대한 감각을 익히는 것이지요. 그렇게 감각을 기르는 것이 곧 자신의 문장을 갖는 길이기도 합니다.

 주니어 대학

작가들은
글의 소재를
어디서 어떻게 구하나요?

많은 작가들은 자신이 쓸 글의 소재를 일상이나 삶의 주변에서 찾습니다. 실화를 소재로 한 영화, 드라마, 소설이 무척 많습니다. 몇 가지 예를 들어 볼까요? 제88회 아카데미 영화제에서 여우 조연상을 수상한 「대니쉬 걸」과 감독상을 받은 「레버넌트」는 소설을 원작으로 하고 있습니다. 그런데 그 소설들은 모두 실제 있었던 사건을 소재로 했습니다. 작품상을 수상한 「스포트라이트」 역시 2000년대 초반에 있었던 실제 사건을 소재로 하고 있습니다. 즉, 문학의 가장 중요한 소재는 바로 실제로 일어난 일 그리고 우리 주변에 있는 실화들입니다.

하지만 모든 문학이 실제 사건에서 기인하는 것은 아니지요. 문학에서는 실제로 일어난 일보다는 일어날 법한 일들을 더 많이 다룹니다. 누군가 만나고 사랑하고 헤어지는 것이 딱히 어떤 사람의 실제 생활은 아닐지라도 많은 사람들이 경험할 만한 '그럴듯한' 일입니다. 이렇게 진짜는 아니지만 그럴듯한 일들은 대개 작가 자신의 경험에서 비롯됩니다.

그런데 이 경험이 반드시 직접적인 것을 의미하는 것은 아니며 간접적인 것이 더 많습니다. 책에서 읽은 것, 영화에서 본 것, 주변에서 본 것 모두가 간접 경험에 속합니다. 많은 시인이나 소설가, 드라마, 시나리오 작가 들이 소재를 찾아 헤맵니다. 세상엔 참 놀라운 일도 많지만 그렇다고 그 모든 일들이 재창작되었을 때 다

     주니어 대학

흥미로운 것은 아닙니다.

신문이나 방송 뉴스에서 다루는 사실들은 주로 육하원칙에 따라 사정을 밝히는 데 주력하지만 문학은 그러한 일이 일어나게 된 인간의 심리와 인간의 오묘함을 이해하고자 애씁니다. 만일 문학작품 속에서 희대의 살인마가 등장한다면 그것은 살인마의 엽기적 행각을 선보이고 늘어놓기 위해서가 아니라 과연 인간의 내면에 어떤 악행의 근원이 있기에 저토록 잔인하고 잔혹한 일을 할 수 있을까라는 작가적 궁금함이 있기 때문입니다.

수많은 재난들이 문학의 소재가 된 것도 같은 맥락에 있습니다. 지진이나 해일, 태풍과 같은 재난들은 결국 누군가의 생애에 영향을 미칩니다. 문학은 그저 지진이 얼마나 대단했는지를 그리는 게 아니라 그 지진으로 인해 누군가가 사랑하는 사람을 잃었다는 것, 그리고 소중한 가치를 지닌 무엇인가를 영영 놓치고 말았음을 보여 주려고 합니다. 때로는 볼테르의 소설 『캉디드』처럼 재난이라는 엄청난 상황 앞에서 인간의 이기심이 어떻게 드러나는지 보여 주기도 합니다.

『파이 이야기』, 『로빈슨 크루소』, 『15소년 표류기』와 같은 모험소설들이 표류라는 소재를 상상해 낸 이유도 재난에 대한 상상력과 크게 다르지 않습니다. 이 이야기들은 표류기이기도 하지만 사회를 떠난 인간의 존재론이기도 합니다. 때로는 사람과 사람 사이의 일이 가장 피곤한 일처럼 여겨지기도 하지요. 그럴 때 사람들은 다른 사람들과 뚝 떨어져 혼자 있기를 기원하기도 합니다. 하지만 표류기 속의 주인공들은 사회로 돌아오기 위해 힘들게 애를 쓰죠. 인간은 홀로 살 수 없기 때문입니다.

결국 문학은 인간학입니다. 작가들이 소재를 찾을 때, 그 대상의 마지막 지점에는 바로 인간이 있습니다. 사랑, 죽음, 이별, 효, 불효, 배신과 같은 추상어들로 문학의 주제가 추려집니다. 이것 역시 모두 인간의 일입니다.

04

문학의 영향력은 얼마나 강력한가요?

문학 작품의 이름에 증후군이라는 명사가 덧보태진 합성어를 들어 본 적 있나요? 가령 리플리 증후군, 보바리 증후군, 피터 팬 증후군, 살리에리 증후군처럼 말이지요. 앞서 말했듯이 문학은 실제로 있는 일을 다루기도 하지만 있을 법한 일을 더 많이 다룹니다. 앞의 네 가지 증후군의 이름들, 리플리, 보바리, 피터 팬, 살리에리는 모두 소설의 주인공들입니다. 그런데 이러한 소설의 주인공들이 경유했던 삶의 과정이나 갈등은 비단 소설에서만 일어나는 일이 아니라 일상생활에서도 종종 목격됩니다. 그런 점에서 증후군이라고 이름 붙여져 현실에서 쓰이는 것이시요.

리플리 증후군은 퍼트리샤 하이스미스의 소설 『재능 있는 리플리』에서 비롯된 이름입니다. 주인공 리플리는 타인의 외양이나 목소리, 서명 등을 따라 하는 데 특출한 재능이 있습니다. 그는 이 재능을 이용해 부유한 재산가의 아들 디키에게 접근하고 마침내 그의 정체성을 흉내 내며 아예 그가 되고자 합니다. 리플리는 디키가 되기 위해 디키를 죽입니다. 그리고 그의 서명을 흉내 내어 그의 재산을 쓰면서 살아가죠. 리플리 증후군은 리플리처럼 자신의 거짓 정체성을 마치 진짜인 양 믿어 버리고 타인에게 보여 주고자 하는 사람들을 가리킵니다. 이는 곧 자신의 진짜 모습에 대한 열등감의 표현이며 더 나아 보이는 조건에 대해 욕망을 갖는 인간의 어떤 면을 보여 주기도 합니다.

피터 팬 증후군은 더 이상 자라지 않는 소년 피터 팬처럼 어른이 되고 싶어 하지 않는 것을 뜻합니다. 어른이 되고 싶지 않다는 것은 무엇일까요? 그것은 바로 책임과 의무의 세계에 진입하지 않고 권리와 자유가 보장되는 어린이의 세계에 머물고 싶다는 의미이기도 합니다. 하지만 원작 『피터 팬』에서 보듯이 성장하지 않는 것은 곧 변화하지 않는 것인데, 세상에 그런 세계는 죽음밖에 없습니다. 성장하지 않는 것은 곧 죽었다는 뜻이죠. 피터 팬이 살던 네버랜드에 아이들의 무덤이 잔뜩 있는 것으로 묘사된 이유이기도 합니다.

한편, 피터 섀퍼의 희곡 『아마데우스』에서 비롯된 살리에리 증후군은 동시대 비슷한 분야에 종사하는 예술인들이 느낄 만한 상대적 박탈감을 지칭합니다. 살리에리 역시 뛰어난 예술가였지만 모차르트처럼 세기를 관통하는 천재적인 예술가를 앞설 정도는 아닙니다. 그 대단한 예술가와 동시대를 살아가는 것, 게다가 그의 재능을 질투한다는 것은 어떤 감정일까요? 아마도 매우 가슴 아프고, 처절한 열등감의 세계일 것입니다. 희곡 『아마데우스』는 그 열등감이 왜곡된 경쟁심으로 바뀌어 천재를 질투하고 괴롭히며 마침내 음모에 빠뜨리는 인물, 살리에리를 그려 내고 있습니다. 중요한 것은 우리는 대개 모차르트라기보다는 살리에리라는 것입니다. 평범한 사람에 가깝다는 것이죠.

증후군 중에서 보바리 증후군은 문학이 가진 영향력을 잘 보여 줍니다. 플로베르의 소설 『마담 보바리』의 주인공인 보바리는 어린 시절 환상과 낭만이 가득한 대중 소설에 탐닉합니다. 대중 연애 소설에서는 주인공이 언제나 사치스럽고 일탈적인 사랑에 빠지죠. 보바리는 그런 게 진짜 사랑이라고 믿고 학습해 버립니다. 그래서 그녀는 평범한 일상에 만족하지 못하고 계속 허황한 환상을 쫓다가 그 환상으로 인해 파멸합니다. 불행히도 보바리는 훌륭한 문학이 아니라 저급한 문학을 만나 삶의 나침반이 바뀌고 말았습니다.

좋은 문학은 영혼에 영양분을 주지만 저급한 상상은 일상을 해치기도 합니다. 훌륭한 문학은 힘든 삶에 위안이 되어 주지만 저급한 문학은 가짜 해결책만 주지요. 훌륭한 문학을 가릴 만한 좋은 지침과 훈련이 필요한 이유입니다.

주니어 대학

문학을 전공하면 어떤 직업을 가질 수 있나요?

문학을 전공한다는 것은 국어 국문학과, 영어 영문학과, 중어 중문학과처럼 고전적인 문학 전공을 의미할 수도 있고, 통·번역이나 문예 창작과 같은 좀 더 방법론적인 전공도 있을 것입니다.

우선 전통적인 어문학과에서는 문학에 대한 기본적인 지식과 역사적 흐름 그리고 경향을 배울 수 있습니다. 어문학과 출신들은 글을 읽고 쓰는 훈련을 합니다. 그러므로 미래의 직업도 그렇게 글을 읽고 쓰는 것과 연관되는 경우가 많습니다.

방송 및 잡지, 신문의 기자들 중에는 어문학과 출신이 많습니다. 방송에는 원고가 필요하고 잡지나 신문은 철저히 기사로 채워집니다. 그런 기사를 쓰는 직업이 바로 기자입니다. 최근에는 전문적 지식을 바탕으로 한 전문 기자들이 많아지고 있습니다. 경제 전문 기자, 영화 전문 기자, 문학 전문 기자와 같은 이름들을 들어 봤지요? 이렇듯 전문 기자들이 늘고 있습니다.

방송 작가나 시나리오 작가처럼 더 실용적인 서사 창작 일을 할 수도 있습니다. 영화감독 중에도 문학 전공자가 많습니다. 영화 「도둑들」과 「암살」을 만든 최동훈 감독도 국어 국문학과 출신이지요. 그 외에 최근 많은 관심을 모으는 직업으로는 출판 편집자가 있습니다. 책을 기획하고 출판하는 과정을 담당하는 편집자의 역할은 점점 더 커지고 있습니다. 교사나 교수와 같은 전통적 영역에서의 직업도 물론 가능합니다.

06

작가는
시인과 소설가만
일컫나요?

작가란 말 그대로 무엇인가를 짓는 사람입니다. 여기서 말하는 작가는 문학을 기반으로 문자 혹은 서사와 관련된 일을 하는 사람입니다. 작가는 여러 영역에 걸쳐 있습니다. 소설을 쓰는 소설가, 시를 쓰는 시인, 비평을 하는 평론가, 연극의 대본을 쓰는 희곡 작가, 영화의 시나리오를 쓰는 시나리오 작가, 드라마 대본을 쓰는 드라마 작가 등이 있어요. 이런 작가군은 비교적 전통적인 작가들이라고 할 수 있습니다.

그런데 최근에는 서사의 영역이 무척 넓어지고 있습니다. 그만큼 다양한 작가들이 출현했지요. 먼저 광고 기획자 혹은 카피라이터를 들 수 있겠습니다. 광고는 대개 20초의 예술이라고 합니다. 짧은 시간 안에 강렬한 인상을 남겨야 하고, 보는 사람으로 하여금 구매욕과 호기심을 일으키는 게 상업 광고의 세계인데요, 카피라이터는 눈길을 끄는 광고 문구를 만드는 일을 합니다. "사람이 먼저다."와 같은 기업 광고의 문구도 있고, "사랑한다면 오직, 운전만 하세요." 등의 공익 광고도 있습니다. 상품의 특성과 매력을 한번에 새겨 주는 상품 광고의 문구들도 바로 카피라이터의 작품입니다.

새롭게 부각하는 작가 중에는 뮤지컬 작가도 있습니다. 2000년 이후 공연 시장이 확장됨에 따라 뮤지컬 관람 인구가 늘고 또 종사자들도 많아졌습니다. 뮤지컬에는 연극이나 영화와 다른 감각이 요구됨에 따라 새로운 작가군이 형성되고 있죠.

한편, 게임 스토리텔러 역시 새롭게 등장한 작가라고 할 수 있습니다. 한국의 정보 기술 산업 수준은 세계 최정상급인데요, 기술만큼이나 필요한 것이 바로 게임의 서사, 이야기입니다. 그런 점에서 게임 스토리텔러, 즉 게임 서사 작가의 필요성이 높아졌습니다.

비슷한 맥락에서 웹툰 역시 서사이기 때문에 그림뿐 아니라 줄거리와 이야기가 필요합니다. 때론 그림을 그리는 작가와 스토리를 만드는 작가가 협업하기도 하죠. 소설가들 역시 꼭 책이나 잡지 같은 종이에만 작업하는 것이 아니라 웹에 연재하는 일이 많아지고 E-Book(전자책) 출간도 많이 합니다. 아예 웹에서만 볼 수 있는 소설도 생겨났죠. 점점 인터넷과 웹의 영역이 넓어지고 영상 문학과 서사의 가능성이 커짐에 따라 이야기를 만드는 작가의 일은 더 많고 다양해질 것으로 보입니다.

07

어려운 문예 사조가
문학 공부에
꼭 필요한가요?

　문학을 공부하는 것은 작품에서 시작하고 작품에서 끝납니다. 어떤 작품을 정한 다음 꼼꼼히 여러 번 읽어 본다면 어려운 문예 사조를 꼭 몰라도 됩니다. 오히려 문예 사조를 외우고 작품의 제목만 찾아보는 것보다 작품을 읽고 문예 사조를 찾아보는 게 도움이 됩니다. 가령, 세르반테스의 『돈키호테』는 최초의 근대 소설로 평가받습니다. 『돈키호테』를 읽어 보면 주인공 돈키호테가 약간 정신이 나간 노인네처럼 보입니다. 그는 풍차를 보고 달려들어 싸우고, 있지도 않은 이상향을 찾아 떠나기도 합니다. 도대체 『돈키호테』가 뭐가 그렇게 대단하기에 세르반테스가 세계사에서 중요한 작가로 군림하고 있는 걸까요?

　이럴 때 문예 사조 또는 세계사의 상식이 필요합니다. 『돈키호테』는 로맨스라고 불렸던 뻔한 중세 기사 이야기를 완전히 배신한 소설이기 때문에 주목받았습니다. 『돈키호테』 이전의 소설에서는 기사가 언제나 멋지고 이상적인 인물이었고, 공주를 구하거나 용과 싸워서 승리를 거두곤 했죠. 진실한 삶의 모습을 보여 주기보다는 뻔한 양식에 꿰맞춰, 과장된 수식어만 늘어놓는 형국이었죠. 그런데 세르반테스가 당시의 삶 그대로의 모습을 보여 준 것입니다. 이렇듯 삶을 숨김없이 보여 주었다는 것, 기존의 관습을 배반했다는 점이 바로 세르반테스의 혁혁한 공입니다.

　가만 보면 고전 소설엔 늘 왕이나 왕족만 등장합니다. 그리스

고전 비극의 주인공들은 신화의 주인공이거나 왕족이었죠. 근대란 그런 점에서 평범한 사람이 주인공이 될 수 있었던 시절 이후를 가리키곤 합니다. 소설은 점차 발전하면서 허황한 관습이나 진부한 설정을 벗어나 리얼리즘이라 부르는 사조가 됩니다. 문학은 현실을 반영해야 한다고 믿는 것이지요. 현실을 반영하는 데에는 몇 가지 방법이 있습니다. 하나가 사실을 고스란히 묘사하는 방식이라면 다른 하나는 세상에서 일어나는 일을 다시금 생각하게 하는 것이지요.

한편, 동화나 우화를 보면 거의 비슷한 서사 구조를 갖습니다. 『신데렐라』에서 신데렐라는 계모에게 괴롭힘을 당하다 왕자를 만나 더 나은 삶을 선물 받게 되죠. 이렇듯 대개의 민담이나 우화가 거의 같은 구조를 갖는 것을 지칭해 러시아의 학자들은 구조주의라고 불렀습니다. 사람의 마음속에는 거의 비슷한 틀이 있어서 그렇게 유사한 방식의 이야기들이 등장할 수 있었다고 본 것이지요. 블라디미르 프로프와 같은 학자들은 이런 이야기 구조들을 꼼꼼하게 정리하고 분류하기도 했습니다.

문예 사조와 문학 사조의 기본적 태도는 어떤 것이든 문학의 지배적 원리가 되면 답답한 질서가 되고 만다는 것입니다. 1990년대 이후 등장한 포스트모더니즘은 이러한 원리를 잘 보여 줍니다. 이전 시대의 모더니즘은 문학에 있어서의 사실성과 기본적 양식

    주니어 대학

을 무척 중요시했습니다. 말하자면 개연성(실제로 일어날 법한 일)과 핍진성(개연성을 바탕으로 구체적이고 섬세하게 표현하는 것) 같은 원칙을 아주 중요하게 여겼죠.

하지만 1990년대 이후 세상엔 뭔가 완강한 질서가 사라졌다는 공동의 인식이 생겼습니다. 세상에 절대적 원리가 없다는 생각이 퍼진 것이죠. 제2차 세계 대전 이후 공고했던 냉전이 소련의 붕괴와 함께 증발한 것도 이유가 되었습니다. 이후 포스트모더니즘은 시간의 흐름대로 기술한다거나 인물을 사실처럼 묘사하는 방식과 같은 문학의 고정 관념을 깨는 데 주력했습니다. 기존의 문학 양식을 파격적으로 무너뜨린 작품들이 등장하기 시작한 것입니다. 이렇듯 문학의 사조들은 시대의 흐름이나 변화와 함께 등장합니다.

08

어느 순간
영감이 와야만
글을 쓸 수 있을까요?

첫 문장을 쓰기는 어렵습니다. 글 쓰는 것을 직업으로 가진 사람이라고 해서 다르지 않습니다. 모든 사람에게 첫 문장은 어렵습니다. 우선 여기에서 위안을 삼을 수 있겠지요? 이는 다른 말로 하자면 영감이 어느 순간 번뜩 떠올라 자신도 잊고 글을 써 나간다는 식의 상황이 거의 없다는 것이기도 합니다. 영감이란 어느 날 문득 떠오를 수는 있지만 아무런 생각과 준비도 없이 살아가는 사람에게 사고처럼 발생하는 것은 아닙니다. 오랫동안 생각하고 고민한 끝에 마침내 마음에 드는 접근법이나 문장이 찾아오긴 합니다. 불현듯이 찾아오기도 하지만 찾아오는 것 자체가 예외적인 것은 아니란 말이지요.

그래서 때로 글을 쓴다는 것은 공포스럽습니다. 기형도의 시 「빈 집」의 한 구절, "공포를 기다리던 흰 종이들아"에서처럼 말이지요. 영감은 상상력과 혼동되기도 합니다. 상상력은 직관의 힘이며 초월적인 인식의 능력이기도 합니다. 문학에서 말하는 상상력은 그저 꿈을 꾸고, 흥미로운 것들을 꾸며 내는 공상과는 구분됩니다. 콜리지라는 학자는 공상을 가리켜 변형된 기억의 한 유형에 불과하다고 말한 바 있습니다.

반대로 상상력이란 언어의 뒷면을 보는 것과도 같습니다. 우리가 살아가는 세계는 어떤 질서를 가지고 있습니다. 질서를 갖는 첫 번째 단계는 바로 이름 붙이기입니다. 가족은 아버지, 어머니와 같은 이름이 있어야 형성될 수 있습니다. 이름을 붙이는 것은 그 이름의 뒷면에 대한 무한한 상상력을 생활의 영역 안에 붙드는 행위라고 할 수 있습니다. 문학은 그렇게 하나의 의미에 붙잡힌 언어의 뒷면을 들여다보고, 다른 것들을 끌어내는 행위입니다. 그리고 이 행위에 소용되는 것이 바로 상상력입니다.

만일 우물을 사전적 의미인 "물을 얻기 위하여 땅을 파고 물이 괴게 만든 시설"이라고만 이해한다면 윤동주의 「자화상」 같은 시는 태어날 수 없습니다. "산모퉁이를 돌아 논가 외딴 우물을 홀로 찾아가선 가만히 들여다봅니다./ 우물 속에는 달이 밝고 구름이 흐르고 하늘이 펼치고 파아란 바람이 불고 가을이 있습니다."라고 말할 때, 이 우물은 사전적 의미의 우물이기도 하지만 그것이 지칭하는 바를 훌쩍 뛰어넘습니다. 이렇듯 언어의 뒷면을 들여다보고 밝혀내는 것이 우리가 말하는 문학적 상상력이며 그 힘을 영감이라고 부릅니다.

낭만주의 시대 이후로 우리는 영감이라는 게 어느 날 갑자기 번쩍 찾아와 주는 것이라고 믿고 싶어 합니다. 하지만 영감 역시 훈련된 상상력의 결과물입니다. 어느 순간 갑자기 날아와 흰 종이 위에 적히는 첫 문장은 없다는 말입니다.

09

좋은 문학과
나쁜 문학을
나눌 수 있나요?

부모님들은 TV를 보거나 게임을 하면 나쁘다고 말리면서 어떤 책이든 책을 읽으면 좋은 것이라고 생각합니다. 이는 대개 크게 틀리진 않습니다. 하지만 TV 프로그램이라고 해서 무조건 저속하고 상스러운 것은 아닙니다. 마찬가지로 책이라고 해서 모두 훌륭하고 볼 만한 것도 아닙니다. 문학도 그렇습니다. 우아하고 아름다운 언어로 이루어진 문학이나 관습적인 일상을 깨우는 문학도 있지만 오히려 추악한 언어로 쓰이고, 관습에 길들이는 것도 있습니다. 그런 것은 문학의 외양을 갖추었지만 진정한 의미에서 문학이라고 말할 수 없지요.

그렇다면 나쁜 소설은 어떤 소설일까요? 우선 각자 나쁜 소설의 기준을 찾는 것이 가장 중요합니다. 이는 세상에 절대적 기준이 없다는 의미이기도 합니다. 가령 프랑스의 소설가 사드의 소설들은 불온한 소설로 규정되어 오랫동안 무시되어 왔습니다. 하지만 어떤 의미에서 사드는 인간의 숨겨진 본성을 보여 주는 소설로 다시 부각되기도 했지요. 그래도 여전히 어떤 사람들에겐 불온하고 부정한 소설입니다.

신성 모독 논쟁의 대상이 되었던 작품들도 마찬가지입니다. 이를테면, 오스카 와일드의 소설 『도리언 그레이의 초상』은 지나치게 탐욕적인 작품이라는 비판을 받기도 합니다. 그러나 어떤 독자에게는 무척이나 아름다운 작품이기도 하죠.

그럼에도 불구하고 나쁜 문학에는 어떤 공통점이 있습니다. 그것은 바로 세상이 요구하는 욕심과 욕망을 부추기고, 그것에 대한 반성을 무뎌지게 하는 문학이라고 할 수 있습니다. 특히 소설은 대중 전파력이 높습니다. 저급한 소설들은 대중 전파력을 믿고 오로지 돈을 벌기 위한 목적으로 써진 소설이라고 말할 수도 있겠습니다. 성적 묘사에 지나치게 공들인 문학, 불가능한 환상의 실현에 치중한 문학, 금지된 욕망을 맘껏 부추기는 문학들이 바로 그런 문학에 속한다고 할 수 있습니다.

이 반대의 가치 가운데서 좋은 문학의 특징을 찾을 수도 있습니다. 좋은 문학은 삶의 뒷면을 비추어 우리 곁에 있지만 잘 느끼지 못하는 어떤 장면들을 드러냅니다. 섬세한 관찰력과 예민한 감수성으로 말이죠. 한편으로는 살면서 속아 넘어가기 쉬운 얄팍한 환상을 깨뜨리고 삶의 진정한 가치를 다시 한 번 생각하게 합니다. 하루하루 기계적으로 살아가는 사람들에게 잠깐의 간격을 선사하고, 금지된 욕망이 왜 금지되었는지를 또 고민하게 합니다.

10

미래의
문학은
어떤 모습일까요?

우리는 지금껏 종이 위에 써진 것을 문학으로 알고 살아왔습니다. 하지만 가만히 생각해 보면 아주 오래전 사람들은 입에서 입으로 이야기와 상상력을 전달해 오며 지냈습니다. 구비 문학이라고 부르는 형태의 아주 오래된 문학이죠. 문자가 발명되고 기록이 보편화되면서 문학은 입이 아니라 문자로 전수되기 시작했습니다. 우리가 알고 있는 문학의 형태가 결코 절대적이지 않다는 뜻입니다.

종이 문학은 여러 가지 변화를 겪고 있습니다. 우선 매체가 무척 다양화되었습니다. E-Book은 새롭게 출현한 문학 매체 중 가장 대표적인 것이라고 할 수 있습니다. 우리는 이미 많은 문학 작품들을 디지털 문서로 보고 있는데요, 중요한 것은 아직은 이 디지털 문학이 종이 문학을 고스란히 정보의 형태로 바꾼 것에 멈춰 있다는 것입니다.

우리가 보는 문학의 겉모습 그러니까 종이 위에 쓰여 있고, 왼쪽에서 읽기 시작해서 오른쪽으로 읽어 나가는 것과 같은 독서의 형태는 '책'이라는 매체가 완성된 후 차츰차츰 자리 잡아 지금에 이르렀습니다. 그러니까 아직은 디지털 인터페이스에 적합한 문학은 탄생하거나 발명되지 않은 것입니다.

앞으로 문학은 변화하는 인터페이스에 적응해서 새로운 모습을 보일 것입니다. 문학은 이미 여러 가지 방식으로 새롭게 변신하는 삶의 형편에 조응해 왔습니다. 상호 작용이 가능한 문학 창작도 이미 실현되는 중입니다. 소설의 외부와 내부가 연결되어 새로운 서사 공간을 창출하는 하이퍼텍스트도 있고, 게임이나 웹툰 같은 신산업 분야에 적용되는 새로운 문학이 출현하고 있기도 합니다.

한때 문학의 종언, 문학의 위기론이 전 세계에 퍼졌던 적이 있습니다. 하지만 엄밀히 말해 여기서 위기를 겪고 종언을 고한 문학은 책이라는 물리적 한계의 종언과도 같습니다. 문학은 세상이 변할 때마다 위기를 겪었고 어쩌면 문학이라는 예술 안에 위기는 포함되어 있을 수도 있습니다. 방송 드라마가 등장하면서 희곡은 드라마 대본의 영역으로 확장되었고, 게임이 등장하면서 스토리텔링이라는 좀 더 확장된 개념이 도입되었습니다.

어떤 점에서 SNS 매체의 확장에 따라 문학의 권위주의가 사라지고 1인 문학 시대가 열렸다고도 할 수 있습니다. 어떤 개인이든 원하기만 한다면 자신만의 미디어 공간에 자신의 문학을 실현할 수 있습니다. 고전적 의미에서의 출판에 매달리지 않는다면 문학은 여기저기에서 새롭게 변신 중임을 확인할 수 있습니다. 문학은 사라지지 않을 것이며, 오히려 모습을 바꿔 가며 진화 중입니다.